MYSTIC LIGHTHOUSE MYSTERIES

双子《ふたご》探偵《たんてい》ジーク&ジェン 1

魔《ま》のカーブの謎《なぞ》

ローラ・E・ウィリアムズ／石田理恵訳

ハリネズミの本箱

早川書房

〈双子《ふたご》探偵《たんてい》ジーク＆ジェン①〉

魔《ま》のカーブの謎《なぞ》

日本語版翻訳権独占
早川書房

THE MYSTERY OF DEAD MAN'S CURVE
by
Laura E. Williams

Translated by
Rie Ishida
First published 2005 in Japan by
Hayakawa Publishing, Inc.
This book is published in Japan by
arrangement with
Scholastic Inc.
through Japan Uni Agency, Inc., Tokyo.
さし絵：モリタケンゴ

この本をハネベリー先生の過去《かこ》、現在《げんざい》、
そして未来《みらい》のすべての生徒《せいと》たちにささげます。

もくじ

登場人物《とうじょうじんぶつ》

ジーク＆ジェン

11歳の双子《ふたご》のきょうだい

ビーおばさん

ジークとジェンのおばさん。

ミスティック灯台《とうだい》ホテルの主人

ウィルソン刑事《けいじ》

ミスティック警察《けいさつ》の元刑事

宿泊客《しゅくはくきゃく》（校長候補《こうほ》）

アダムズさん

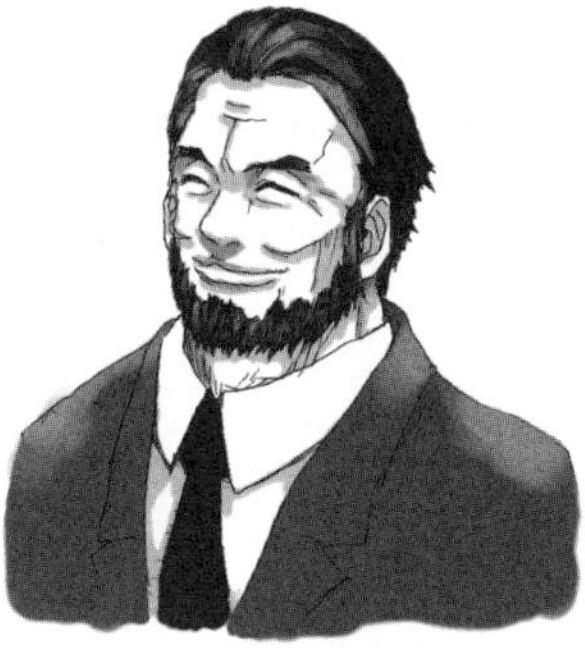

ボールズ博士《はかせ》

クレーンさん

ハートレットさん

ミッチェルさん

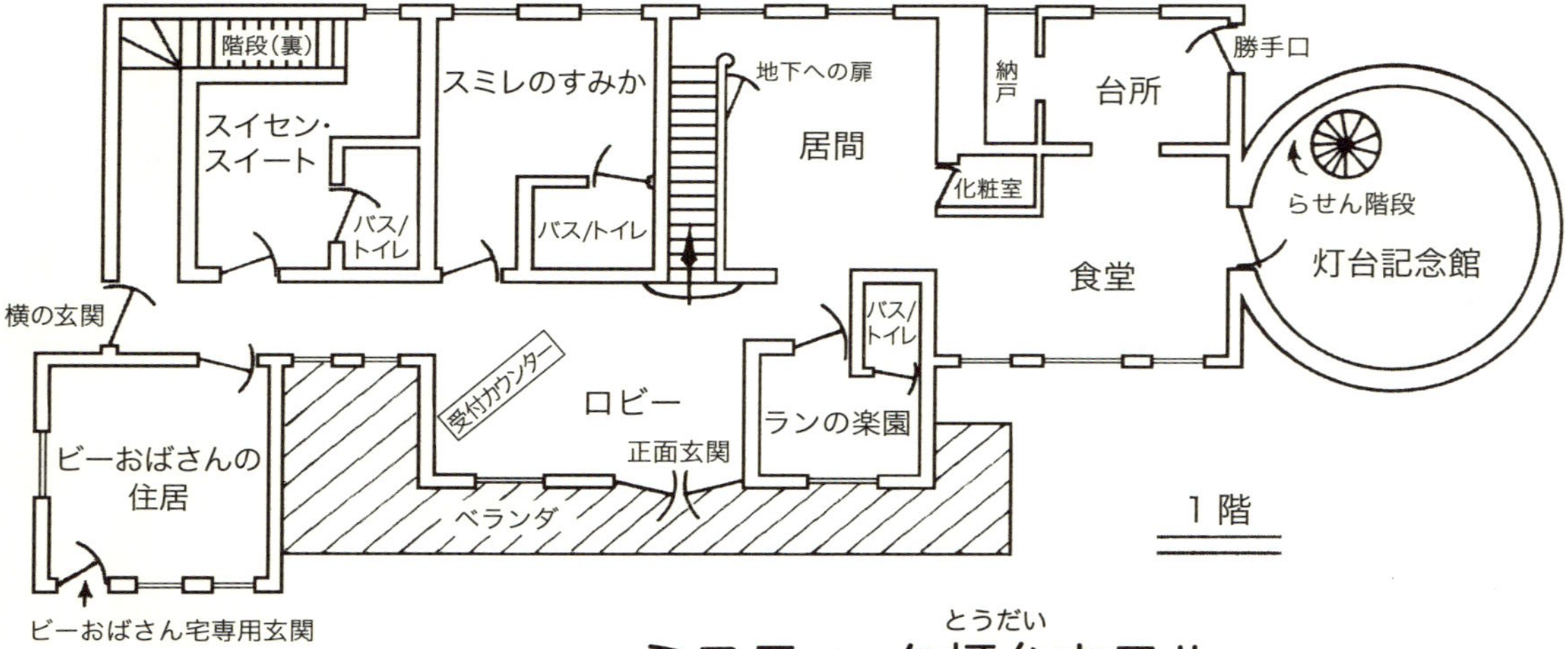

ミスティック灯台《とうだい》ホテル

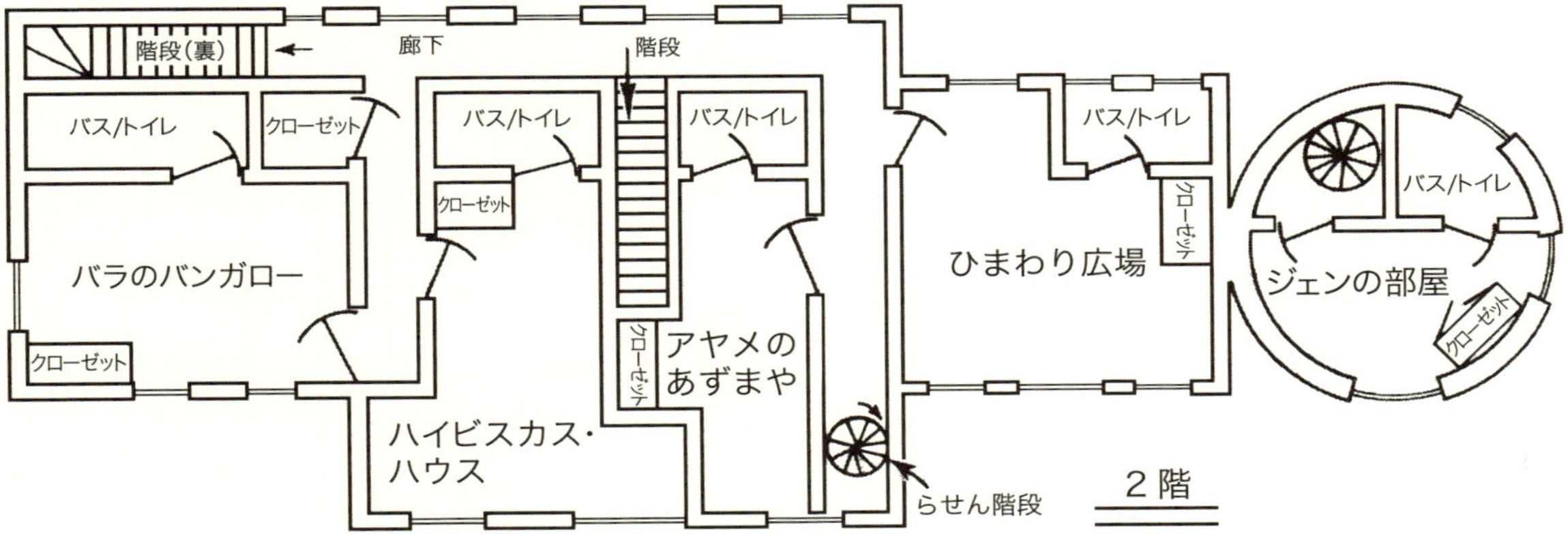
階段（裏）
廊下
階段
バス/トイレ
クローゼット
バス/トイレ
クローゼット
バス/トイレ
バス/トイレ
クローゼット
バス/トイレ
バラのバンガロー
クローゼット
クローゼット
アヤメのあずまや
ハイビスカス・ハウス
ひまわり広場
ジェンの部屋
クローゼット
らせん階段

2階

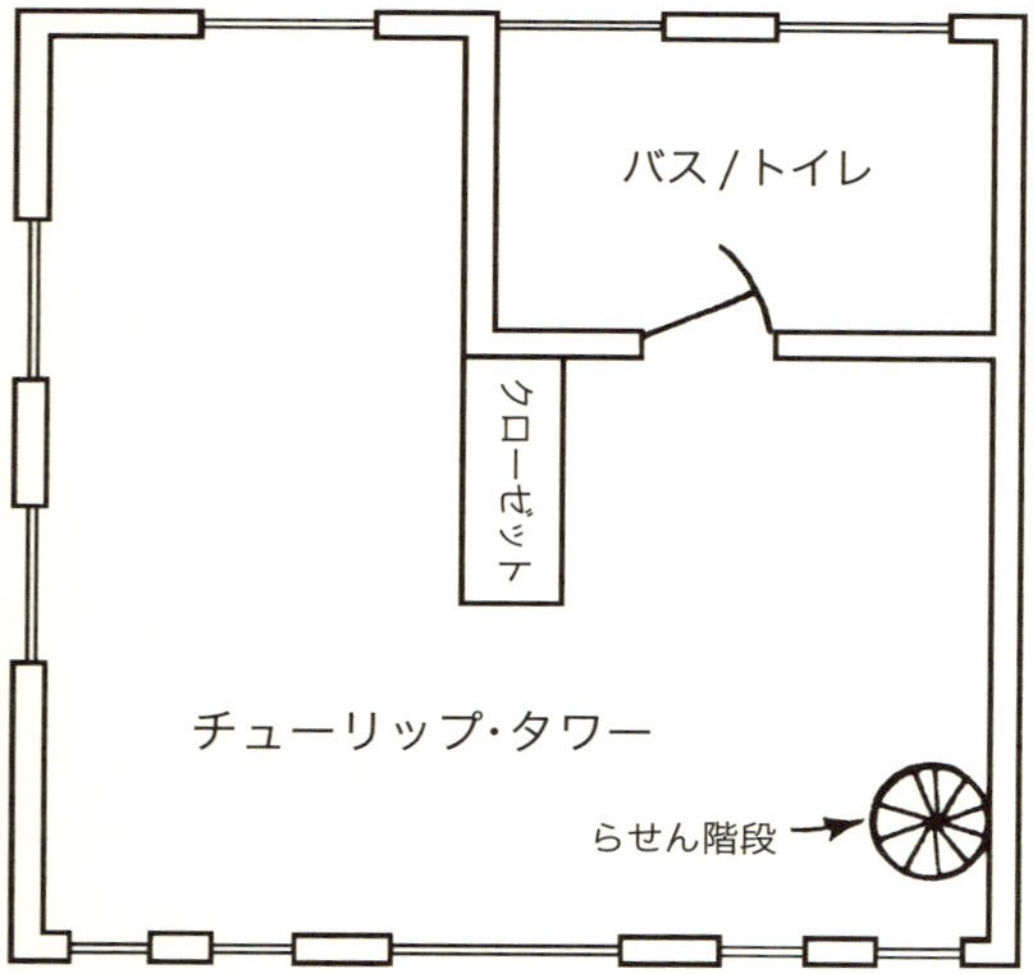

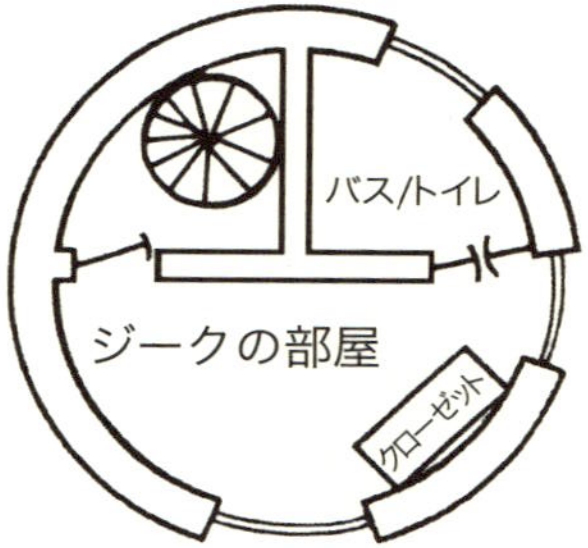

3階

読者のみんなへ

『魔《ま》のカーブの謎《なぞ》』へようこそ。この謎を解《と》くのはきみだ。犯人《はんにん》に結《むす》びつく手がかりは話の中にかくされている。巻末《かんまつ》にある「容疑者《ようぎしゃ》メモ」を使ってみよう。必要《ひつよう》ならコピーを取って、あやしいと思ったことを書き留《と》めるのだ。双子《ふたご》探偵《たんてい》ジークとジェンも同じ容疑者メモを使って謎を解いていく。さあ、きみはジークとジェンよりも先に『魔のカーブの謎』を解くことができるかな。

幸運を祈《いの》る！

第一章　殺人未遂事件発生《さつじんみすいじけんはっせい》

「まもなく到着《とうちゃく》するわよ」ビーおばさんは、ふわりとしたスカートのすそを直しながら声をはりあげた。ロビーを見まわして、準備《じゅんび》がすべて終わっているかどうかをもう一度確認《かくにん》し、落ち着かない様子《ようす》でカウンターの花をいじっている。

ジェンが双子《ふたご》の兄ジークをちらっと見やり、二人はくすっと笑《わら》った。ミスティック灯台《とうだい》ホテルは朝食つきの小さな宿。開業《かいぎょう》して二年もたつというのに、ビーおばさんは今でも新しいお客さんをむかえるまえになると、落ち着かなくなる。

「心配しないで」ジェンはおばさんの白髪《しらが》まじりの長いおさげをひっぱり、からかうように笑った。「使う部屋《へや》はジークと二人で全部そうじしたし、トイレットペーパーも新しいものに替《か》えた。窓《まど》までみがいたのよ。もうかんぺきよ」

ビーおばさんはカウンターにある宿帳《やどちょう》を置《お》きなおした。もう三度目だ。「シーツは替えた？」

ジェンがはっとしたふりをする。「あっ！　ベッドを忘《わす》れてた！」

ジークは笑《わら》いをこらえている。「たいへんだ！　お客さんたち、今夜はいったいどうやって寝《ね》るんだろう？」

ビーおばさんは顔をしかめると、ふざけて二人を追いかけた。ジェンは笑いながら、たくみにおばさんの手をすり抜《ぬ》けた。一方のジークにはすばやさがちょっと足りなかったようだ。おばさんはジークをつかまえると、ギュッと抱《だ》きしめ、ほおにブチュッとキスをした。それが終わると、ようやく解放《かいほう》してくれた。

ジークはまるでいやなものを取り払《はら》うかのように、ほおをぬぐった。お客さんが到着《とうちゃく》するまえのおばさんの緊張《きんちょう》ぶりといったら、不思議《ふしぎ》なくらいだ。だっておばさんは開業以来《かいぎょういらい》、一人でこの宿をきりもりしてきたのだ。もちろん双子《ふたご》の協力《きょうりょく》もあったけど。ジェンとジークがビーおばさんとクリフおじさんのもとに移《うつ》り住んだのは、九年まえ。両親が死んだときだった。その当時、二人はまだたったの二歳《さい》。クリフおじさんはこの宿が開業《かいぎょう》する直前に亡《な》くなった。ビーおばさんはジェンとジークに残《のこ》された、たった一人の家族なのだ。おばさんと呼《よ》んではいるけど、二人にとっては母親同然《どうぜん》。いや、実際《じっさい》にはおばあちゃんに近い。というのも、ビーおばさんはエステルおばあちゃんの妹なのだ。

毛がふさふさした飼《か》いネコのスリンキーが、戸棚《とだな》からとびおりて、長いしっぽをふっている。「ミャーオ」と鳴いたかと思うと、飼い犬のオールド・イングリッシュ・シープドックのウーファーの上にぴょんととびのった。いつものように、ウーファーは気だるそうに片目《かため》を開けるとすぐに閉《と》じてしまった。スリンキーに踏《ふ》まれるのは、もう慣《な》れっこなのだ。わざわざ昼寝《ひるね》を中断《ちゅうだん》してまでスリンキーをふるい落とす気はないらしい。ビーおばさんと双子《ふたご》はその様子《ようす》を見て笑《わら》った。

「わかっていると思うけど」ビーおばさんはさっそく仕事の話にもどっている。「今日いらっしゃる五人のお客さまは、みんなミスティック小学校の校長候補《こうほ》の人たち。二人ともお行儀《ぎょうぎ》よくするのよ」

「お行儀ならいつもいいじゃない？」ジェンがいたずらっぽく笑った。

「たいていはそうだけど」ビーおばさんも認《みと》めた。「だけどいつもではないわね。それに新しい校長先生によく思ってもらいたいでしょ？」

「まあね」とジェン。

「もちろんさ」とジーク。

ビーおばさんは二人にほほえんだ。「じゃあ、もう一回、ここをそうじしておいてね」

ジークはすでにピカピカに光っているフローリングの床《ゆか》をながめた。ロビーの四すみを掃《は》くくらいはしてもいいかもしれない。「ほうきを取ってくる」と申し出た。

ジェンは床を見つめながら言った。「汚《よご》れているようには見えないけど。きのうモップがけをしたばかりだし」

ビーおばさんはカーテンを直している。「ちょっと掃いても、ばちはあたらないわよ」

「あたるかもしれない」ジェンはふてくされている。

「ときどき、あなたとジークが双子《ふたご》だと思えなくなるのよね」ビーおばさんは笑《わら》う。「見た目はそっくり。こげ茶色のくせっ毛に、きらきら光る青い目。でもジークはあんなにきれい好《ず》きなのに、どうしてあなたはこうなのかしら」

「ジークはわたしより一分だけお兄さんなの」にやっと笑いながらジェンは言う。「だからジークのほうがしっかりしてるのよ」

ジークはほうきとちりとりを手に台所からもどると、さっそく部屋《へや》の四すみを掃《は》きはじめた。ジェンにはほこりひとつ見えないのに、ジークはまるで汚《よご》れがたまっているかのように掃きつづける。ひざまずき、戸棚《とだな》の下にほうきをつっこむ。そのほうきを引き出すとネコの毛にまみれたほこりのかたまりがついてきた。

「きのうはほんとうに、しっかりとそうじしてくれたんだね」ジークはジェンをからかう。青い目がきらきらと光っている。

肩《かた》をすくめるジェン。「あれっ」ほこりのかたまりに近づいてみる。「ねえ、あれはなに？」ジェンは戸棚の下からのぞいているひもを慎重《しんちょう》にひっぱりだした。するとあざやかな黄緑色のヨーヨーがころがりでてきた。「びっくり！　ずっとさがしていたのに」ジェンは大声をあげた。

「どうしてこんなところに？」

「あのいたずらスリンキーのしわざよ」ロビーの反対側《はんたいがわ》で花柄《はながら》のクッションをソファにならべていたビーおばさんが言った。「さわったものはなんでも盗《ぬす》んじゃうから」

〝メイン州《しゅう》ミスティック〟と入ったTシャツを着ていたジェンは、そのTシャツでヨーヨーのほこりとネコの毛をふき取った。

ビーおばさんはとがめるようにジェンを見つめた。「きれいですてきなTシャツだったのに。もちろん、ぞうきんとして使われるまえの話だけどね」

ジェンは自分のTシャツを見おろした。たしかに、ヨーヨーといっしょに戸棚《とだな》の下から掃《は》きだされたようだ。

ジークがわたぼこりをちりとりで受け、台所へ行ってしまうと、ジェンは食堂《しょくどう》を横切り古い灯台《とうだい》へと向かった。ビーおばさんとクリフおじさんはこの円形の建物《たてもの》をリフォームして、ジェンとジークにそれぞれの部屋《へや》を作ってくれたのだ。ジェンが二階でジークが三階。両方とも壁《かべ》の片面《かためん》が丸くカーブしていて、大西洋と南側《みなみがわ》の入り江の美しい景色《けしき》を一望《いちぼう》できるようになっている。

ジェンはジークといっしょに作った一階の灯台記念館《きねんかん》をかけ抜《ぬ》け、らせん階段《かいだん》をのぼって、自分の部屋へと向かった。ドアをいきおいよく開ける。二人は、ビーおばさんが客室をそれぞれちがった花をテーマに飾《かざ》るのを手伝《てつだ》った。でも自分たちの部屋は自分たちで飾りつけを考えた。ジェンの部屋には、花模様《もよう》の壁紙のかわりにありとあらゆるスポーツのポスターが一面にはってある。ジェンのお気に入りは相撲《すもう》取りのような大男が二人、おはじきに夢中《むちゅう》になっているポスターだ。ジークの部屋《へや》はというと、ジェンは見るたびに笑《わら》ってしまう。まるで映画《えいが》『スター・ウォーズ』のセットなのだ。

ひと息つくと、ジェンはきれいなTシャツに着がえた。ほこりだらけのTシャツは、クローゼットのまえに積《つ》みあげられた汚《よご》れものの上にのせておいた。地下の洗濯室《せんたくしつ》にはあとで持っていけばいいや。クローゼットを閉《し》め、階段《かいだん》をおりていった。

ジークとビーおばさんは手作りのキルトを折《お》りたたんで重ねているところだった。宿のイスやソファのカバーとして使っているキルトだ。とつぜんジークが手を止め、首をかしげた。「だれか来たんじゃない？」

ジェンにはなにも聞こえなかったけど、玄関《げんかん》に向かってかけだした。そして扉《とびら》をいきおいよく、大きく開いた。すずしい風が潮《しお》のかおりとともに吹《ふ》きこんできた。大西洋の波が断崖絶壁《だんがいぜっぺき》の下の砂浜《すなはま》に打ち寄《よ》せる音も聞こえる。この時期のメイン州《しゅう》にしてはあたたかい。でもそれも悪くはなかった。

たしかに、緑色の小型《こがた》車が車まわしにとまったところだった。とても背《せ》の高い、赤茶色のくせっ毛をした女の人が車の中からあらわれた。そばかすだらけの大きな顔はどこか取り乱《みだ》しているように見える。

ジークは階段《かいだん》をかけおり、その人が荷物《にもつ》をおろすのを手伝《てつだ》うつもりだった。ところがその女の人は自分で荷物を取りだして、ジークがたどり着くまえに車のトランクをバタンと閉《し》めてしまった。

「お持ちします」とジークが声をかけた。

「まあ、ありがとう」女の人はそう言うと、ふるえる手でスーツケースをさしだした。「アダムズといいます」車の中に手をのばして、財布《さいふ》と、真新しい歯ブラシと歯みがき粉《こ》を取りだした。ビーおばさんが来た。「ビアトリス・デールです。ビーと呼《よ》んでくださいな。どうぞお入りください。お疲《つか》れになったでしょう。長くかかりましたか？」

ジェンはロビーに向かうみんなに、道をあけた。ジークはスーツケース相手に奮闘《ふんとう》している。ジェンはにやっと笑《わら》った。ジークがなにを考えているか、わかったからだ。〝このスーツケース、次はそっちが運べよ！〟おたがいの考えていることが、ごっちゃになるのはめずらしいことではない。同じことを考えているときもよくある。まるでおたがいの考えが聞こえてくるようなのだ。

ジークとジェンは受付《うけつけ》カウンターにいる二人に追いついた。ちょうどアダムズさんの声が聞こえた。「そこで、事件《じけん》が起きたのよ」

「なにが起きたんです?」宿帳《やどちょう》にアダムズさんの名前を書きこみながら、ビーおばさんがきいた。

「だれかがわたしを殺《ころ》そうとしたの!」

第二章　笑《わら》わない目

「ええっ！」ジェンが叫《さけ》んだのと、ジークが「どうやって？」ときいたのは、同時だった。

「ほら、わたしの手を見て。まだふるえているでしょ」

三人でアダムズさんの手をのぞきこんだ。たしかにふるえている。

「今、お茶を入れますからね」ビーおばさんはそう言いながら、アダムズさんをイスにすわらせた。そしてお湯をわかしに台所へと向かった。

「いったい、なにがあったんですか？」ジークがきいた。

「ここのすぐ手前に、海沿《ぞ》いの道が急カーブしているところがあるんだけど——」

「魔《ま》のカーブのことね」ジェンが割《わ》って入った。

アダムズさんはぶるっとふるえ、ジークはジェンをにらみつけた。それでなくても、アダムズさんはすっかりおびえているというのに。ジェンはときどき、よく考えずにしゃべるんだ。

「それで、なにが起きたんです？」ジークはやさしい口調《くちょう》で先をうながした。

アダムズさんは大きなため息をついた。「そうね、そのカーブの手前に、クイック・ストップとかいう小さなお店があるの。忘《わす》れてきたものがあったので、そこで買うことにしたのよ」受付《うけつけ》カウンターの上に置《お》きっぱなしになっている歯みがき粉《こ》と歯ブラシのほうをちらっとさした。「駐車場《ちゅうしゃじょう》から車を出すときにはとても用心したわ。でもあの危険《きけん》なカーブにさしかかったとき、車が――派手《はで》な赤い車が、追突《ついとつ》してきたの。わたしの車は道路からはじきとばされて、かろうじて路肩《ろかた》で止まった。もうちょっとでガードレールを突《つ》き破《やぶ》って、崖《がけ》からまっさかさまに落下し、下のごつごつした岩に激突《げきとつ》するところだったわ」

「まあ、なんてこと」ビーおばさんはおどろいて声をあげながら、シナモンティーを手にもどってきた。「それでおケガはありませんでしたか？」

「ええ、おかげさまで」アダムズさんはそう言いながら、湯気《ゆげ》の立ちのぼるマグカップをありがたそうに両手でつつんだ。「でもテールランプが割《わ》れてしまったの」

「たんなる事故《じこ》でしょうけどねえ」とビーおばさん。

「それならどうしてあの車の運転手は車を止めなかったの？」アダムズさんはきつい口調《くちょう》でおばさんにたずねた。首をふると、赤茶色の髪《かみ》の毛がゆれた。「いいえ、あの運転手はわたしをねらってぶつかってきた。わたしを殺《ころ》そうとしたんです。まちがいないわ」

アダムズさんはお茶をひと口すすった。「幸運なことに、車は無事《ぶじ》で、ここまで来ることができた。指をちょっとケガしちゃったけどね。テールランプを調べたときに切ったのね、きっと」

アダムズさんは右手の人さし指をかざしてみせた。ティッシュが巻《ま》かれていた。

おばさんが目くばせをしたので、ジェンはばんそうこうを取りに居間《いま》のとなりにある化粧室《けしょうしつ》へと向かった。

「警察《けいさつ》に通報《つうほう》したほうがいいんじゃありません？」そうすすめながら、ビーおばさんはカウンターの横にある電話に手をのばした。

「とんでもない！」とアダムズさんがきっぱりと言いきる。「それはおことわりします」

「でも、警察が犯人《はんにん》を見つけてくれるかもしれないのに」とジーク。

「殺《ころ》されるところだったんでしょう」ばんそうこうを手わたしながらジェンがアダムズさんに言った。ジークとおばさんの視線《しせん》を感じて、ジェンは小さくなった。

「いいえ、だめよ」とアダムズさん。「この町に来て、最初《さいしょ》から警察《けいさつ》ざたを起こしたくないのよ。とくにわたしがこの職《しょく》につけたなら、なおさらでしょ」背《せ》すじをぴんとのばす。「このちっぽけな事件《じけん》のことは忘《わす》れましょう。もうだいじょうぶよ」アダムズさんは笑顔《えがお》を見せたけど、ジークにはその口元がふるえているのがわかった。どう見てもまだ気が動転《どうてん》している。なのに気丈《きじょう》にふるまっていることは、すごいと認《みと》めるしかない。

「ほんとうにそれでいいのなら」ビーおばさんはまだ納得《なっとく》していない様子《ようす》だ。「気が変《か》わったら教えてくださいね」

その言葉を最後に、ジークはアダムズさんのスーツケースをかかえて、一階のアダムズさんの部屋《へや》へ向かった。うしろから本人がついてくる。「部屋は〈スイセン・スイート〉です」ジークはアダムズさんに伝《つた》えた。

「いったい全体どういう部屋なの？」アダムズさんがたずねた。しかし、ジークが部屋のドアを開けたとたん、アダムズさんは、感心したようなため息をついた。

ジークは思わずほほえんだ。どのお客さんも、部屋《へや》を見ておどろく。部屋はそれぞれ、ちがう花をテーマに飾《かざ》りつけされている。ちょっと派手《はで》だけど、ビーおばさんは花が大好《だいす》きで、みんなといっしょに楽しみたいのだ。

「スイセンってほんとうにすてきよね」部屋を見まわし、アダムズさんは大げさすぎるほど感動している。「あのモビール、すてきじゃない！」

ジークは天井《てんじょう》からつりさげられている、セラミック製《せい》のスイセンのモビールをちらっと見た。

「町の商店街《しょうてんがい》には、花からクジラまでいろんなモビールを売っているお店があるんです」と教えてあげる。「おすすめですよ」

アダムズさんはにこっと笑《わら》って、財布《さいふ》を取りだした。「ぜひ行ってみるわ、ありがとう」

ジークはロビーにもどると、アダムズさんは夕食まで横になって休むって、とビーおばさんとジェンに伝《つた》えた。そしてビーおばさんが空のマグカップを台所へ持っていくと、ジークはアダムズさんにもらった一ドル札《さつ》をジェンに見せびらかした。

ジェンは不機嫌《ふきげん》な顔になった。どちらが多くチップをかせげるか、二人はいつも競《きそ》っている。

ジークはポケットにお札を押《お》しこんだ。「アダムズさんの車、あれは事故《じこ》だったのかな？」

「いったいだれが、あの人をわざと突《つ》き落とそうとなんかするのよ?」ジェンがききかえした。

ジークは答えるかわりにカウンターの上を指さしている。「あ、アダムズさん、歯ブラシと歯みがき粉を忘《わす》れてる。とどけてあげなきゃ」

「わたしが行くわ」ジェンが言ったときには、ジークはすでにこのふたつを手に持っていた。

「無理《むり》だよ」ジークはにやにやしている。「これをとどけたくらいではチップはもらえないよ」

ジークは廊下《ろうか》を歩いていきながら、ふりむいて言った。「せめて袋《ふくろ》くらい、あげればいいのに」

「環境《かんきょう》のために、袋はもらわないほうがいいのよ」ジェンは声をはりあげたが、きっと聞こえなかっただろう。

ジェンがうしろを向くと、玄関《げんかん》の扉《とびら》が開き、ひげづらの大きな男の人が大またで入ってきた。ジェンはさっと近づき、スーツケースを受け取ろうとした。でもその人は手をはなそうとしなかった。

「こんにちは」やさしそうな声だ。「ボールズ博士《はかせ》です」

ジェンはスーツケースにもう一度手をのばした。するとボールズ博士は、こんどは手のとどかないほうへとスーツケースを移動《いどう》させてしまった。

「これはいいから」ボールズ博士《はかせ》は笑顔《えがお》でそう言ったけど、目は笑《わら》っていなかった。ジェンの背《せ》すじに寒気《さむけ》が走った。

「あれ、おかしいな」受付《うけつけ》に向かって歩きながらボールズ博士がつぶやいている。そのあいだにビーおばさんはすばやくカウンターの内側《うちがわ》に入った。「出たときには財布《さいふ》はあったのにな」あちこちのポケットをたたいたあげく、ようやくジャケットの内ポケットから財布を見つけだした。ボールズ博士は情《なさ》けなさそうに首をふった。「妻《つま》が亡《な》くなって五年、ものをなくしてばかりだ。わたしがいなかったら毎朝、頭をつけ忘《わす》れるんじゃない、と妻はよく言ってたよ」そう言うと急に笑いだした。「今日は、どうにか頭はつけてきたけれどね！」

ジェンはアダムズさんの部屋《へや》からもどったばかりのジークをちらっと見た。二人とも笑いだした。なんだかひきずられてしまった感じだ。デパートに立っているサンタクロースよりも大きな声でボールズ博士が笑うので、いっしょに笑わずにはいられなかった。実際《じっさい》、ボールズ博士はサンタクロースに似《に》ていなくもない。大きなおなかにふさふさのごましおひげ。だがジェンは笑いながらも、かばんを持とうとした自分にボールズ博士が見せた、あの目つきを忘れることができなかった。この人、なにかある。ジェンはそう思った。

するとそのとき、お客さんがもう二人あらわれた。一人はやせ型《がた》で、ちょっぴり猫背《ねこぜ》。茶色い髪《かみ》が薄《うす》くなりかけている男の人で、自己紹介《じこしょうかい》によると名前はクレーンさん。使い古された書類《しょるい》かばんを、片手《かたて》でがっちりとかかえている。もう一人は女の人で、ハートレットさん。紺色《こんいろ》のスーツを着て、恥《は》ずかしそうにほほえんでいる。茶色い髪をきっちりと結《ゆ》いあげている。

「お名前は存《ぞん》じていますよ」ボールズ博士《はかせ》がクレーンさんに声をかけた。「ミシガン州《しゅう》レイク・コーブにあるケネディ小学校の校長先生ですよね。賞を取られたプログラムについて、いろいろ読みましたよ。すばらしいですね」

やせた男の人がありがとうもなにもいわないので、ジークはおどろいた。まわりをにらみつけるようにして、首をふっただけだった。ほめられるのが嫌《きら》いなのかな。ジェンがなにかを言いだそうとしているのに気づき、ジークはあわてて先に口を開いた。

「お部屋《へや》にご案内《あんない》しましょうか、クレーンさん」ジークが声をかけた。「二階の〈ハイビスカス・ハウス〉です」

男の人は長く、とがった鼻をさすりながら、「うん」と言った。

二人がロビーをはなれてから数分後、ジェンもハートレットさんとともに二階の〈バラのバンガロー〉へと向かった。そしてビーおばさんはボールズ博士《はかせ》に、ロビーのすぐとなりの〈スミレのすみか〉を指さした。

「まあ、すてき」ジェンがドアを開けると同時にハートレットさんが声をあげた。「きれいだし、居心地《いごこち》よさそう。すっかりくつろいでしまいそうだわ」そしてジェンに一ドルの新札《しんさつ》をわたした。

ジェンは一礼した。一階におりると、ジークにあやうくぶつかるところだった。こんどはジェンが、もらったばかりのチップを見せびらかした。

「びっくりだよ。クレーンさんって、にこりともしないんだ」ジークは不満《ふまん》そうだ。「ここにいるのもいやって感じだったよ」そして二十五セント硬貨《こうか》を見せた。「チップもはずんでくれないし」

「ジェン？　ジーク？」ビーおばさんがカウンターから呼《よ》んでいる。

二人は急いでかけつけた。ロビーにいた若《わか》い男の人は、ジャージーの上下を着て、ランニングシューズをはいていた。そして荷物《にもつ》に囲《かこ》まれている。ジェンはひそかにうめき声をあげた。ジークからも同じ空気を感じる。すごい荷物。ゲゲッ。いくらチップをはずんでもらえても運びたくない。

「ミッチェルさんのお部屋《へや》は〈ランの楽園〉です」それを聞いて二人はほっとした。ロビーにもっとも近い部屋にミッチェルさんの荷物《にもつ》を運びこんでいると、本人からの指示《しじ》がとんだ。「それは気をつけて」ジェンがあるスーツケースを持ちあげようと、必死《ひっし》になっていたときだった。

「とても大事なものだから」

ジークも大きなかばんを持ちあげたが、思いのほか軽かった。なにが入っているのかさっぱり見当がつかない。でも、きくのは失礼《しつれい》だろう。

二人が最後《さいご》のかばんをようやく部屋に運び入れると、ミッチェルさんはお礼も言わずにドアを閉《し》めてしまった。二人はイスにたおれこんだ。

「今週は満室《まんしつ》でなくてよかったね。どうやらいそがしくなりそうだもん。それにしてもミッチェルさんのかばんの中にはなにが入っていたんだろうね」とジーク。

「わからない」ジェンは答えた。「でもたった五日間のために、あんなに荷物があるなんて、へんね」

「でもさ、お客さんの中にはもっとへんな人がいたよね」

ジェンは笑《わら》いながら言った。「そうそう！ 自分が飼《か》っているネコの写真をたくさん持ってきて、全員に見せてまわっていたおばさん」

「それも何回も」ジークがつけたした。

二人でひとしきり思い出し笑いをすると、ジークは自分の部屋《へや》へ向かった。「新しいゲームをやるんだ。スノーボードのやつ。いっしょにやる？」

ジェンは鼻にしわを寄《よ》せた。「やめておくわ。あのゲーム、リアルすぎて目がまわるんだもん。どっちにしてもステイシーに電話する約束《やくそく》だし。サッカーしにいくの」

「ボールを顔にあてるなよ」ジークはふりむきざまに言った。

「山から落ちないようにね」ジェンも大声で返した。

ジェンとジークが次に校長候補《こうほ》者《しゃ》たちと顔を合わせたのは、夕食のときだった。ビーおばさんは夕食を出すとき、家族で食卓《しょくたく》を囲《かこ》むように、お客さん全員を長いダイニングテーブルの両側《りょうがわ》にすわらせる。朝食は毎朝、特別《とくべつ》な行事がある場合には夕食も出す。今夜、ビーおばさんは人気メニューのスパゲッティ・ミートソースとシーザーサラダを作った。ガーリックトーストを大きな

バスケットいっぱいに盛《も》るのは双子《ふたご》の役目だ。

ボールズ博士《はかせ》からパンをまわされて、アダムズさんはぎょっとした。「変《か》わった指輪《ゆびわ》ですね」

ジークは、ボールズ博士のぷっくりとした小指にはめられた、大きな金色の指輪を見た。ヘビの形をしていて、ふたつの赤い目が光っている。なかなかかっこいいじゃん。

ボールズ博士は笑《わら》いながら言った。「ヘビはお好《す》きではないのかな」

「嫌《きら》いですよ」とアダムズさん。

「わたしもいやだわ」テーブルの反対側《はんたいがわ》からハートレットさんが言った。「鳥肌《とりはだ》が立ちます」

ジェンはクレーンさんが身ぶるいしたのを見た。

「ぬるぬるしているんですもの」アダムズさんは言う。

「ほんとうは」とジーク。「ぬるぬるなんかしてないんですよ。さわってみるとけっこうかさかさしているんだ」

アダムズさんがぶるっとふるえた。「さわるつもりはないから、そう信《しん》じることにするわ」

夕食も終わりに近づいたころ、夜は門限《もんげん》が十一時だとビーおばさんはみんなに伝《つた》えた。「もしそれ以降《いこう》になったら、わたしの住まいの玄関《げんかん》にまわってください。リースが飾《かざ》ってある青い扉《とびら》です。たたいてくだされば、開けますから」

「では崖《がけ》のあたりを歩いてくるとしますか」バターをたっぷり塗《ぬ》ったパンの最後《さいご》のひとかけを口に入れると、ボールズ博士《はかせ》は大きなおなかをさすりながら言った。「このおいしかった食事を消化しないとね」

「歩くだけじゃだめなんです」とミッチェルさん。「ランニングのほうがいい運動になりますよ。わたしはランニングにします。どなたか、ごいっしょにどうです?」

「わたしは散歩《さんぽ》のほうがいいわ」とアダムズさん。

「わたしも」と言ったのはハートレットさん。クレーンさんにも声をかけた。「ごいっしょにどうですか?」

クレーンさんは逃《に》げるように席《せき》を立った。「やめておきます。面接《めんせつ》の準備《じゅんび》をしなくてはなりませんから。なにしろ、仕事をもらえるのは、この中のたったの一人ですからね」

第三章　謎《なぞ》の箱

ジェンはベッドの横にある赤いデジタル時計をちらっと見た。ううっ。まだ夜中の十二時にもなっていないのに、どうして目が覚《さ》めちゃったんだろう。スリンキーは横で丸くなっている。気持ちよさそうにのどをごろごろ鳴らしているだけで、さわいだ様子《ようす》はない。じゃあ、ウーファーがほえたとか？　耳をすましてみたけれど、聞こえてくるのは窓《まど》の外の波の音だけ。

なぜかいやな予感がする。ジークやビーおばさんがからかうほど、ジェンの眠《ねむ》りは深いのだ。雷《かみなり》が鳴ろうが、スリンキーに踏《ふ》まれようが、起きやしない。

ジェンは静《しず》かにベッドを出ると、音をたてないように窓ぎわまで行った。外を見ると、月が海面を照《て》らしている。海が銀色にかがやいている。庭はひっそりと静《しず》まりかえっている。部屋のもうひとつの窓《まど》は入り江に面しているが、身を乗りだせば、宿の屋根の先に駐車場《ちゅうしゃじょう》の向こう端《はし》も見える。

ジェンは入り江側の窓から顔を出し、すずしい海風にあたっていた。そのとき、視界《しかい》の端で、なにかが動いた。駐車場にだれかいる？　それともただの影《かげ》？　目をこらせばこらすほど見えにくくなる。

息がつまりそうになった。やっぱりだれかいる！　駐車場の向こうのほうでうろうろしている人がいる。ううん、うろついているんじゃないのかも。遠くて、なにをしているのかまではわからない。でもこんな真夜中に、駐車場でいったいなにをしているのだろう。ビーおばさんはすでに戸じまりを終えているはず。とすると、ここのお客じゃないのかな。それともだれかが閉《し》めだされてしまったのか。

影のような姿《すがた》はまた視界から消えた。やっぱり夢《ゆめ》だったのかとジェンが思いはじめたころ、ふたたびその姿が視界に入ってきた。月明かりに照らされている。そのとき、この大柄《おおがら》な人物がだれなのかがわかった。ボールズ博士《はかせ》だ！

数秒後にまた視界《しかい》から消えたあとは、二度とあらわれなかった。ベッドにもぐりこんだあとも、このことがジェンの頭からはなれなかった。けれども、はっきりと答えが出るまえに、寝入《ねい》ってしまっていた。今度こそ熟睡《じゅくすい》した。翌朝《よくあさ》六時にジークが部屋《へや》のドアをたたくまでは、目も覚《さ》めなかった。

ジェンは夜中にあやしい人影《ひとかげ》を見たことをジークに話したかった。でもそのきっかけがつかめないうちに、クレーンさんが食堂《しょくどう》にとびこんできた。みんなはテーブルについて、ビーおばさんが出してくれたばかりのほかほかのブルーベリーマフィンを食べているところだった。

「だれだ！　わたしの書類《しょるい》かばんを盗《ぬす》んだのは！」とどなる。困《こま》りきった顔と、髪《かみ》の毛のすきまから見える頭皮が、怒《いか》りで真っ赤になっている。「きのうの夜にはあった。今朝《けさ》になるとなくなっていたんだ」

「どこかに置《お》き忘《わす》れたとか？」ビーおばさんが心配そうにたずねた。

クレーンさんがくちびるをかんだ。「そんなはずはない。書類かばんには大事なメモが全部しまってある。一秒たりとも目をはなさなかった。だれかがわたしの部屋から盗みだしたんだ。いったいどいつだ！」

みんな顔を見あわせている。

ジェンはボールズ博士《はかせ》をじっと見つめた。あやしい？　それとも気のせい？

「いったいどうやって、部屋《へや》から盗《ぬす》みだせるっていうんです？」大きな口でマフィンをひとかじりするとミッチェルさんがきいた。「ドアにはかぎがついているじゃないですか」

クレーンさんの目が一瞬《いっしゅん》、泳いだ。ジェンはジークをちらっと見た。ジークの考えていることはわかっている。クレーンさんはかぎをかけ忘《わす》れたんだ。

ハートレットさんが落ち着いた口調《くちょう》でたずねた。「ゆうべ、かぎはかけられたんでしょう？」

クレーンさんはすぐには答えなかった。そして言った。「もちろんです。そんなばかじゃありませんよ」

ジークとジェンは顔を見あわせた。クレーンさんは明らかにうそをついている。でも、もしだれかがクレーンさんの書類《しょるい》かばんを盗んだとなれば、なんだかうさんくさいことがこの宿で起こっていることになる。

「きっと見つかりますよ」ビーおばさんはバターをわたしながら声をかけた。「まずは朝ごはんにマフィンはいかが？」

「こんなたいへんなときに、どうやって食べろというんですか？」そう言い捨《す》てると、くるっとまわってドタバタと食堂《しょくどう》から出ていった。

「かわいそうに」ハートレットさんがやさしくつぶやいた。「緊張《きんちょう》しているんですね。面接《めんせつ》にそなえるのはいいけど、やりすぎはよくないわ。優秀《ゆうしゅう》な生徒《せいと》によくいますよね。ちょっとした小テストでもすごく神経質《しんけいしつ》になっちゃって」

ジークにはその気持ちがよくわかる。よい成績《せいせき》を保《たも》つには、試験《しけん》や小テストでがんばらなければ。でもジェンは自分の半分も成績を気にしていないのに、いつも同じ点数だ。なんだか不公平だ。

ジェンがトンと肩《かた》をたたいた。そろそろ時間だ。坂下のバス停《てい》まで歩かなければならない。

外に出るとジェンが笑《わら》いながらジークに話しかけた。

「たかが小テストで取り乱《みだ》すなんて、信《しん》じられないわね」

「ああ、そうですか」ジークも笑いかえした。ジェンはジークがよく勉強することをからかっては楽しんでいるのだ。

「冗談《じょうだん》よ」とジェン。「でもクレーンさん、書類《しょるい》かばんがなくなって、ほんとうにショックだったみたいね。どうでもいいメモなんかじゃなくて、黄金でもかくし持っていたんじゃない？」

ジークは首をふった。「部屋《へや》にしのびこんで、盗《ぬす》んでいったなんて、信《しん》じられないよ」

それで思い出して、ジェンはゆうべボールズ博士《はかせ》を見かけたことを話しはじめた。バスが来たときには、ひととおり話しおえていた。

「夢《ゆめ》だったんじゃない？　ボールズ博士が泥棒《どろぼう》だなんて」ジェンと通路をはさんですわったジークが言った。ジェンは親友ステイシーのとなりにすわっている。

そのステイシーが身を乗りだしてきた。かがやくような金色の巻《ま》き毛が顔にかかっている。

「だれが泥棒だって？」

ジェンとジークは顔を見あわせた。声に出さずに話しあう。未来の校長先生が泥棒かもしれないということを、ステイシーにはいわないほうがいい。さもないと、昼休みには学校じゅうに知れわたることになる。

「なんでもないよ」ジークが動《どう》じる様子《ようす》も見せずに答えた。「きのう見たテレビの話さ」

ステイシーは疑《うたが》いの目をジークに向けた。「へえ、そうなの。二人とも、テレビなんて見ないくせに」

ずばり言いあてられて、笑《わら》うしかなかった。少なくとも残《のこ》る道中、別《べつ》の話題になったのはよかった。

ジェンとジークが友だちといっしょにミスティック小学校の正面玄関《げんかん》を入ると、大きな声が聞こえた。「来た、来た。宿の双子《ふたご》ちゃんよ！」

ジェンは思わずうつむいてしまった。顔が真っ赤だ。「うそでしょう。どうしてわたしたちより早いのよ？」

「のろまなスクールバスには乗ってなかったからね」ジークはできるだけくちびるを動かさないように答えた。先生というのは、口の動きを読むのがうまいのだ。

「ジェン！　ジーク！　ここだよ！」

顔をあげて、ボールズ博士《はかせ》に手をふりかえすしかない。アダムズさんも、ハートレットさんも手をふっている。ミッチェルさんはネクタイを直すのに夢中《むちゅう》だ。グレーのスーツ姿《すがた》なのに、青と白のランニングシューズをはいている。信《しん》じられない、とジークは思った。あいかわらずしかめっつらをしたクレーンさんは、黒のスーツに白いワイシャツ、それに紺《こん》のネクタイ。おかたく見える。ポケットの中に手をつっこんでいるのは、書類《しょるい》かばんがなくて手持ちぶさただからなのだろう。

だれかがジークのおなかをこづいた。「やい、校長のお気に入り！」

ジークは友だちのトミーに向かって苦笑《にがわら》いした。「しかたないだろ。うちに泊《と》まってるんだし、しかもジェンとぼくのことがかわいくてしかたないらしい」そう言って笑いながら二人で教室へと向かった。

ジェンが宿泊客《しゅくはくきゃく》たちの横をすり抜《ぬ》けようとすると、アダムズさんがやさしく呼《よ》び止めた。

「ごきげんいかが？」派手《はで》な色の髪《かみ》に手ぐしを入れながら、うたうような声で話しかけてきた。

「ええ、元気です」ジェンはもごもごと答えた。みんなが見ている。「アダムズさんは？」おばさんったら、ここまで礼儀《れいぎ》正しくしつけてくれなくてもよかったのに。こういうときは、よくそう思う。

「すばらしいわ、ありがとう」アダムズさんは、鼻で大きく息をした。「このメイン州《しゅう》の風がいいのよね。新鮮《しんせん》で、なんだか元気になれる気がする」

ジェンはにこりとほほえんで、うなずいた。でもチョークかすのにおいしかしない。ジェンは失礼《しつれい》しますと言って、かけ足でその場をはなれた。ステイシーが追いかけてくる。

「だれ？　あの人たち」とステイシー。

「次期校長候補《こうほ》だって。面接《めんせつ》があるんで、うちの宿に泊《と》まってるのよ」

ステイシーがくすくす笑《わら》っている。「わあ、うらやましい」

「そうでしょうよ！」


放課後、二人が帰ると、ビーおばさんは焼《や》きたてのチョコチップクッキーを用意してくれていた。宿題もあるけれど、まずは客室のそうじだ。それが二人のこの宿でのおもな仕事で、いやだと思ったことはない。むしろ宿泊者《しゅくはくしゃ》たちが部屋《へや》をどう使っているのか、その人の性格《せいかく》を見ているようでおもしろかった。

客室のそうじはいつも決まった順番《じゅんばん》でおこなっている。一階の〈スイセン・スイート〉から始まり、裏《うら》の階段《かいだん》をのぼって二階の部屋へ。その後、正面階段をおり、残《のこ》るふたつの客室をそうじする。今週は、アダムズさんの部屋に始まり、ボールズ博士《はかせ》の部屋で終わることになる。

〈スイセン・スイート〉にはスリンキーも入ってきた。二人がほこりをぬぐい、ゴミを掃《は》き取り、タオルをかけかえるあいだ、このネコはそこいらじゅうのぶらさがっているものに、とびついたり、はねたり、ひっかいたりしていた。

アダムズさんの衣類《いるい》はきちんとハンガーにつるしてある。クローゼットの扉《とびら》を閉《し》めるときに、ジェンは気づいた。赤、オレンジ、黄色など、あざやかな色のものばかり。まるでアダムズさんの髪《かみ》の毛のようだ。なんだか部屋《へや》の色調《しきちょう》である黄色とも合っている。

ジークはベッドわきのテーブルに、本を見つけた。エスター・バリモア著《ちょ》『図書館殺人事件《さつじんじけん》』だ。でも一度も開いた形跡《けいせき》がない。

アダムズさんはゆうべ、そのあたりに咲《さ》いていた草花をつんできたのだろう。コップに生けて、ドレッサーの上に飾《かざ》ってある。部屋が明るく見える。

ジェンがスリンキーをベッドの下から追いだした。次は二階のハートレットさんの部屋だ。

「見て」とジーク。「ハートレットさんったら、ほとんど荷物《にもつ》を広げていないみたい」クローゼットには、ほとんど代《か》わりばえしない、黒っぽくて品《ひん》のいいスーツが二着かかっている。ローヒールのパンプスが一足、きちんとそろえて置《お》かれている。

「部屋がちらからなくて助かるけど」ジェンがバラ色の窓《まど》わくからほこりをふきとりながら言っ

た。「最終面接《さいしゅうめんせつ》までは行けないと思ってるのかな。だからくつろぎすぎないようにしてるとか」

「だとしたら、あまり自信《じしん》がないんだね」

ベッドわきのテーブルをふきはじめたジェンは、なにかがつっかえて引き出しがきちんと閉《し》まっていないことに気づいた。引き出しを開けると、こげ茶色の革《かわ》の手袋《てぶくろ》が出てきた。「なんか不《ふ》思議《しぎ》。この時期に手袋だなんて」

ジークが声をかけた。「あまりこそこそかぎまわるなよ。この分だといつまでたっても終わらないよ」

ジェンは最後にもう一度その手袋をながめてから、奥《おく》にしまい、引き出しをきちんと閉めた。そしてジークにつづいて部屋《へや》をあとにした。

クレーンさんの部屋もまたこざっぱりしていた。なにひとつ乱《みだ》れていない。くつも脱《ぬ》ぎっぱなしになっていなければ、ネクタイも落ちていない。ベッドわきのテーブルには本すら置《お》いていない。スリンキーがドレッサーにとびのると、見たところたったひとつの私物《しぶつ》をひっくりかえしてしまった。

写真立てだ。髪《かみ》のカールした、ぽっちゃりとした女性《じょせい》が満面《まんめん》の笑《え》みで写っている写真だ。ジェンはそっとドレッサーの上に置《お》きなおした。

「こういう部屋《へや》っていいよな」部屋のドアを閉《し》め、かぎをかけながらジークが言った。

「それはジークが片《かた》づけ魔《ま》だからでしょ」ジェンがからかう。

二人は正面階段《かいだん》をおり、ミッチェルさんの部屋のドアを開けた。中を見て、絶句《ぜっく》した。

「ジェンはこのくらいちらかってるほうが落ち着くんじゃゃない？」ジークが冷《ひ》やかした。うんざりしたような、それでいておどろいたような表《ひょう》情《じょう》で部屋をじろじろと見まわしている。

「ちょっと、ここまでひどくはないわよ」ジェンが言いかえす。

床《ゆか》にはジャージー、スニーカー、ダンベル、さらにはストレッチ用マットが散乱《さんらん》している。くしゃくしゃのベッドの上は雑誌《ざっし》だらけ。《スポーツ・イラストレイテッド》、《メンズ・ヘルス》、《空手》など。文句《もんく》を言いながら二人は雑誌を窓《まど》ぎわのテーブルの上に積《つ》み重ねた。ベッドをきれいにととのえると、片方の壁《かべ》ぎわにはダンベルを、反対側《はんたいがわ》にはくつを、ていねいにならべた。

「ランニングシューズが五足もある」ジェンがおどろいている。

ようやくこの部屋が終わると、二人ともほっとして大きなため息をつき、〈スミレのすみか〉へと向かった。そうじ道具をかかえて廊下《ろうか》を歩いていると、アダムズさんがボールズ博士《はかせ》の部屋からこそこそと出てきて、静《しず》かにドアを閉《し》めた。

「こんにちは」ジークが声をかけた。

アダムズさんはあわててふりむいた。「わあ、ぜんぜん気がつかなかったわ」

「なにかお困《こま》りですか?」疑《うたが》っていることをさとられないようにジェンが声をかける。

「ついさっき帰ってきて、このすてきな建物《たてもの》を探検《たんけん》させてもらおうと思ったのよ」肩《かた》を少しすくめた。「ここも客室だってわかって、あわてて出てきたの。それぞれちがったお花がテーマになっていてすてきだわ」

「ビーおばさんの担当《たんとう》です」とジェン。そしてそうじ道具が入ったバケツをかかげてみせた。

「で、わたしたちはそうじ担当です」

アダムズさんは笑《わら》いながら行ってしまった。二人はボールズ博士《はかせ》の部屋《へや》に入ると、そこそこきれいなのでほっとした。

「見て、この箱、かっこいいじゃない」ジェンが声をあげた。

ジークもドレッサーに近づき、その木製《もくせい》の箱をじっと見つめた。たくみに龍《りゅう》が彫《ほ》りこまれている。「これ、おかしいよ」かぎ穴《あな》の上にあるイニシャルを指さしながらジークが言った。

「M・C・R」ジェンが読みあげた。「これ、ボールズ博士《はかせ》のイニシャルじゃないね。ボールズはBだもの」

するととつぜん、うしろで物音がした。ボールズ博士が部屋《へや》に入ってきたのだ。あぜんとして、二人を見おろしている。ボールズ博士はすぐさま、ドレッサーの上にあった箱をひったくった。中でなにかがガタガタと音をたてた。

ボールズ博士が二人をにらんでいる。「二度と、二度と、この箱にさわるんじゃないぞ」

「さわってなんかいません」とジェンがうったえる。「わたしたちはただ――」

ボールズ博士は聞こうとしなかった。「とにかく出ていけ。今度この部屋でこそこそさぐっているのを見かけたら、おばさんに言いつけるぞ！」

第四章　どんなことをしてでも

「ボールズ博士《はかせ》って、二重人格《じんかく》みたいね」声をひそめてジェンが言った。納戸《なんど》までそうじ道具をもどしに行くところだった。「あるときはごきげんなおじさんなのに、次の瞬間《しゅんかん》、わたしたちの頭を食《く》いちぎりそうないきおいで怒《おこ》りだす」

ジークもうなずく。「きっとあの箱はとても大切なものなんだよ。ボールズ博士がつかんだとき、ガタガタって音が聞こえたよ」

「ダイヤモンドかなにかだったりして」

「かもね」皮肉《ひにく》たっぷりにジークが言う。「クレーンさんは書類《しょるい》かばんの中に黄金をかくし持っていて、ボールズ博士《はかせ》は箱の中にダイヤモンドか」と、首をふっている。「いったいどこからそんなこと思いつくわけ？」

ジェンはにやっと笑《わら》った。「ほかの人はどうか、聞かせてあげましょうか」

ジークは気のない声を出した。「いや、聞かなくてもいいよ」でもジェンがなにも言いかえしてこないので、しかたなく、つけたした。「わかったよ。聞かせて」

ジェンは納戸《なんど》のすみにバケツを置《お》き、ほうきを壁《かべ》に立てかけた。ジークのほうに向きなおると、指を折《お》って宿泊客《しゅくはくきゃく》の名前を一人一人あげていく。

「ボールズ博士とクレーンさんは終わったでしょ。次はアダムズさんね。あの赤茶色のくせっ毛は派手《はで》すぎる。ほんとうはカツラで、ボールズ博士たちをつかまえるためのスパイなのかも」

ジークは目をまわしてみせた。「スパイのようには見えないけどな」

「だから適任《てきにん》なのよ。あやしまれないでしょ。ミッチェルさんは逃亡中《とうぼうちゅう》なの。だからいつもランニングシューズをはいているのよ。走って逃《に》げられるようにね。そしてハートレットさんは……」声が小さくなったかと思うと、ジェンは天井《てんじょう》を見あげて考えている。

「まさか、ハートレットさんのことはまだ考えていないわけじゃないよね」飲み物を持って、台所のテーブルについたところでジークがきいた。

ジェンは背《せ》の高いグラスに入れたレモネードをひと口飲み、身を乗りだして、小声で話をつづけた。「ハートレットさんはこの中でもっとも危険《きけん》な人物よ。だって、いちばん潔白《けっぱく》そうに見えるでしょ」

「頭おかしいんじゃない」ジークが牛乳《ぎゅうにゅう》の入ったグラスをふったので、あやうく半分以上《いじょう》がテーブルの上にこぼれそうになった。

ジェンは肩《かた》をすくめ、深々とイスにすわった。「どうかしら。わからないわよ」


宿泊客《しゅくはくきゃく》たちは教育委員長と夕食会だと言って、宿を出た。ジェンとジークはビーおばさんといっしょに台所でくつろいでいた。三人だけのときは、こぢんまりとした台所で、小さな丸テーブルを囲《かこ》んで夕食を取るのだ。

この台所はジェンのお気に入りの場所だ。ビーおばさんはここに、ミツバチ、つまりビーの小物をそろえている。冷蔵庫《れいぞうこ》にはミツバチのマグネットがいっぱいついている。窓《まど》にはミツバチ柄《がら》のカーテン。さらにはミツバチ型《がた》の鍋《なべ》つかみ、クッション、ミツバチのぬいぐるみ、そしてミツバチ型《がた》のメモ帳《ちょう》もある。友だちからとどいたミツバチの絵はがきが戸棚《とだな》を飾《かざ》る。なんと、ミツバチの巣《す》の形をした電話まで持っている。受話器《じゅわき》が大きなミツバチの形になっているのだ。

この台所はまさにビーユーティフルね、とジェンはよくおばさんをからかう。

「今夜はすごく疲《つか》れているみたいだね。どうしたの？」チョコレートクリーム・パイの最後《さいご》の一かけをたいらげながら、ジークがおばさんにたずねた。「食事中もあくびばっかりしていたし」

「ゆうべは、あまり寝《ね》られなかったのよ」ビーおばさんはそう打ち明けると、立ちあがってお皿を洗《あら》いにいった。「ボールズ博士《はかせ》が十一時四十五分に扉《とびら》をたたいたのよ。そんなに遅《おそ》くまで、なにをしていたのかしらね。本人は、崖《がけ》を歩いているうちに時間があっという間《ま》にすぎてしまったと言っていたけど」

ジェンはジークに向かって、大きく目を見開いた。やっぱり夢《ゆめ》ではなかったのだ。

「そりゃへんだね」とジーク。

ビーおばさんは肩《かた》をすくめながら言った。「わたしもおかしいなと考えてたら、しばらく眠《ねむ》れなかったのよ。だから今日は疲れちゃって」

「ゴミはぼくたちが出しておくよ」とジークが言う。

「え？　わたしたちが？」ジェンがいやそうな声を出した。

ジークは〝つべこべ言わずにやれよ〟という目でジェンをにらんだ。

二人はそれぞれゴミの入った大きな黒い袋《ふくろ》をかかえ、外に出て、駐車場《ちゅうしゃじょう》の端《はし》にあるゴミ置《お》き場へと向かった。

スリンキーがジークの足にまとわりついて、つまずきそうになる。

「シッ、シッ！」と追っ払《ぱら》ってもおかまいなし。最後《さいご》にもう一度体をジークの足にすり寄《よ》せると、先頭に立って、はねるように歩きはじめた。ゴミ置き場に二人よりひと足早く着いたスリンキーは、さっそくなにかで遊びはじめた。

ジークはゴミ袋を置いた。ジェンも同じだ。

二人はしばらくスリンキーを見て笑《わら》っていた。赤いプラスチック相手にじゃれている。

「まるでネズミを相手にしているみたいだね。すごく楽しそう」とジーク。「それにしてもプラスチックのかけらなんて、どこで見つけたんだろう」

「さあ」ジェンがつかまえようとすると、スリンキーは楽しそうに走り去った。プラスチックのかけらは口にくわえたまま。

宿の勝手口《かってぐち》にもどる途中《とちゅう》でジークがきいた。「ボールズ博士《はかせ》はゆうべ、いったいなにを――」

ジェンがジークの腕《うで》をつかんだ。ボールズ博士のことなどもうすっかり忘《わす》れている。「見て！」ジェンの指は駐車場《ちゅうしゃじょう》にとまっている一台の車をさしていた。宿泊客《しゅくはくきゃく》たちは二台の車に便乗《びんじょう》して夕食に出かけたので、残《のこ》るは三台だ。

「あの赤い車。バンパーがぺしゃんこよ！」

夕やみがせまる中、二人はその車に走りより、しゃがみこんで、傷《きず》をじっくり調べた。バンパーがぺしゃんこになっていて、赤い塗料《とりょう》がところどころはげ落ち、茶色いさびがついている。

「この車にちがいないわ。アダムズさんを崖《がけ》から突《つ》き落とそうとしたのは」

ジークも同じことを考えていた。「でもこの車、だれの？」

二人は急いで宿にもどり、ビーおばさんがカウンターの裏《うら》にしまっている宿帳《やどちょう》を見ることにした。

「あったよ」とジーク。

ジェンが肩《かた》ごしにのぞきこむ。「ミッチェルさんよ！」

玄関《げんかん》で足音と話し声が聞こえたので、二人はあわてて宿帳を金属製《きんぞくせい》のファイルボックスの中にもどした。

ミッチェルさんがネクタイをゆるめながら入ってくるのを、二人はじっと見ていた。ジェンはジークの横腹《よこばら》を軽くこづくと、ひそひそ声できいた。「ねえ、あの人がアダムズさんを突《つ》き落とそうとしたのかしら？」

ミッチェルさんはまるでジェンの声が聞こえたかのように、疑《うたが》い深く目を細めながらじっと見つめかえした。ジェンはにこっと笑《わら》って手をふってみた。でもミッチェルさんは手もふりかえさなければ、笑顔《えがお》すら見せなかった。

ミッチェルさんがいなくなるとジークが小声で言った。「たしかにあやしい」

するとそのとき、ボールズ博士《はかせ》が玄関《げんかん》からとびこんできた。頭の上に書類《しょるい》かばんをかかげている。「あったぞ！」

クレーンさんがふりかえった。「わたしの書類かばんだ！」と大声を出しながらかけよる。

「いったいどこにあったんです？」ボールズ博士からかばんを受け取りながら、たずねた。

「玄関わきの垣根《かきね》の中。ネコが入っていくのを見て、近づいてみるとあったんですよ。ネコがその上にちょこんとすわっていた」

「スリンキーが見つけたってこと?」とジェン。

ボールズ博士《はかせ》はうなずいた。「そんなふうに見えたね」

「そんなばかな」クレーンさんはかみつかんばかりのいきおいだ。「じゃあ、そこに置《お》いたのもネコだとでもいうんですか?」片手《かたて》で書類《しょるい》かばんをささえ、もう一方の手でかぎをまわして、ふたを開けた。中の書類をざっと確認《かくにん》すると、満足《まんぞく》そうな顔をして、カチッという音とともに書類かばんを閉《と》じた。

「もどってきて、よかったですね」ビーおばさんが言った。

クレーンさんは口を開き、なにかを言いかけた。ところがそのとき居間《いま》のほうからピアノの音が聞こえてきて、クレーンさんの言葉をさえぎった。双子《ふたご》も、ほかの宿泊客《しゅくはくきゃく》につづいてその音のほうへと向かった。

アダムズさんがピアノを弾《ひ》きながら、鼻歌をうたっていた。ジェンもジークも去年でピアノのレッスンをやめてしまったけど、ビーおばさんは調律《ちょうりつ》をつづけていたのだ。

「歌をうたいましょうよ」アダムズさんがみんなを誘《さそ》っている。右手の人さし指にばんそうこうがはってあるにもかかわらず、優雅《ゆうが》に音を奏《かな》でている。

双子《ふたご》は顔を見あわせた。歌をうたう？　アダムズさんはキャンプかなにかとかんちがいしているのだろうか。

「わたしは失礼《しつれい》します」クレーンさんは顔がこわばっている。「やることがあるので」わざとらしく書類《しょるい》かばんをふってみせた。

ボールズ博士《はかせ》が笑《わら》っている。「いいじゃないですか。リラックスすることも大切ですよ。そう殻《から》に閉《と》じこもらないで」

クレーンさんは顔をしかめながらも、残《のこ》ることにしたみたいだ。わきのイスに、身をかたくしてすわっている。

ジェンとジークは部屋《へや》のすみにあるイスにすわった。部屋全体が、とりわけミッチェルさんが、よく見える席《せき》だ。

ビーおばさんが入ってきて、ハートレットさんに近づいた。「今日、この手紙がとどきましたよ」

「ありがとう」ハートレットさんはちょっとおどろいた様子《ようす》で手紙を受け取った。

アダムズさんが〈こげよ、マイケル〉を弾《ひ》きはじめた。ジェンはハートレットさんの様子を観《かん》察《さっ》している。不安げな顔で封筒《ふうとう》を開け、便箋《びんせん》を開く。部屋《へや》の反対側《はんたいがわ》からでも、ハートレットさんが手紙を読みながら深くため息をついたのがわかった。それから、うつろな顔で手紙を破《やぶ》り捨《す》てると、上《うわ》の空《そら》で歌をうたいはじめた。

三曲うたいおわったころ、クレーンさんがいきなり立ちあがると、足音も高く部屋を出ていった。また盗《ぬす》まれてはかなわないというように、書類《しょるい》かばんをしっかりと胸《むね》にかかえていた。

そのうち、ほかの宿泊客《しゅくはくきゃく》も一人二人と出ていった。ハートレットさんは出ていくまえに自分がちらかした手紙の切れ端《はし》を拾い集めた。

ジェン、ジーク、そしてビーおばさんだけが残《のこ》った。

ビーおばさんはあくびをしながら言った。「お客さんもみんなもどったし、今日は早く戸じまりして、もう寝《ね》かせてもらうわ」そして時計を見た。「ほら、二人ももう寝る時間よ」

「わかってるよ」部屋を出るおばさんのうしろ姿《すがた》に向かってジークが答えた。そしてジェンに向きなおってきいた。「なにかあやしげなところはなかった？」

「だれの話？」

「ミッチェルさんだよ。忘《わす》れたの？」ジークが不満《ふまん》げな声をあげた。

「おぼえてるわよ」ジェンが言いかえす。「ちょっとうっかりしていただけ。でもあやしいところはなかったと思うけど。ジークは？」

ジークも首を横にふると、立ちあがった。

「スリンキーをさがさなきゃ」ジェンはスリンキーと寝《ね》るのが好《す》きだ。かわいいスリンキーは、毎晩《まいばん》ジェンの足元で寝て、毎朝決まった時間に耳元でやさしくのどを鳴らし、起こしてくれる。

ジェンはスリンキーがかくれていそうな場所をくまなくさがした。

あきらめかけたころ、イスの下に紙切れが落ちているのを見つけた。ハートレットさんが破《やぶ》り捨《す》てた手紙の一部だ。ジェンはそれを拾いあげた。なぐり書きのような言葉がいくつか読み取れるだけだ。

スリンキーのことなど忘《わす》れて部屋《へや》をとびだし、ジークを追いかけた。ジークは食堂《しょくどう》にいた。翌《よく》朝《あさ》の朝食にそなえて、イスをそろえているところだった。

「見て！」ジェンは拾った紙切れを突《つ》きだした。

ジークが読みあげる。「どんなことをしてでも、仕事を手に入れろ。さもないと……」紙を裏《うら》がえす。「これだけ？　なにこれ？　どういう意味？」

ジェンはハートレットさんの手紙のことを説明《せつめい》した。まるでだれにも読まれたくないかのように、破《やぶ》り捨《す》てたことも。

「なんかすごくあやしいな」ジークも首をふって言った。

「なにがどうあやしいんだろう？」ジェンがきく。ジェンも同じようにあやしいと考えているのに、それがなぜなのかがわからないのだ。

とつぜん、悲鳴が聞こえ、二人はとびあがった。つづいてドシン、ドシン、ドシンと三回、まるでだれかが階段《かいだん》から落ちたような大きな音が聞こえた。

第五章　疑惑《ぎわく》だらけ

ジェンとジークはロビーにかけこみ、広い正面階段《かいだん》を見あげた。階段の中ほどで、ミッチェルさんがゆっくりと立ちあがろうとしている。

ビーおばさんがふわふわの緑のバスローブのまま、あらわれた。長い髪《かみ》はおろしたままだ。

「どうしたんです？」

ミッチェルさんは、腕《うで》をのばして、骨《ほね》が折《お》れていないかどうかたしかめているようだ。「だれかに突《つ》き落とされたのです！」

「まさか」とボールズ博士《はかせ》。ほかの宿泊客《しゅくはくきゃく》もみんな部屋《へや》からとびだしてきて、階段の両側《りょうがわ》に集まっている。

「じゃ、どうして落ちたっていうんです？」ミッチェルさんがつめよる。

「階段《かいだん》を踏《ふ》みはずしたとか」ハートレットさんが声をかける。

「でなきゃ、あなたに突《つ》き落とされたとか」ミッチェルさんが反撃《はんげき》する。「だれかさんとちがって、わたしは運動不足でもなければ、不器用《ぶきよう》でもないんですからね」

「なんで突き落とされたってわかるんですか？」抗議《こうぎ》の声があがるまえにジークが口を開いた。

ミッチェルさんはどたどたと階段をおりてきた。「背中《せなか》を押《お》されたんだ。幸《さいわ》い、いつも体を鍛《きた》えているので途中《とちゅう》で止めることができた。さもなければ首の骨《ほね》を折《お》っていたかもしれないんだ！」

「でも二階でなにをしていたんですか？」ジェンが聞いた。ちょっと無礼《ぶれい》な質問《しつもん》だとは思ったけど、一階に部屋《へや》のあるミッチェルさんが二階にいたのは、かなり妙《みょう》だ。

「ストップウォッチをさがしていたんだ。見つからなくてね」

「それが二階にあると思ったわけですか？」階段の上からクレーンさんが聞いた。「この中のだれかが盗《ぬす》んだとでも？」

「だが、なくなったのはたしかだ」ミッチェルさんがきつい口調《くちょう》で言いかえす。

「まあまあ」ビーおばさんがみんなを落ち着かせる。「きっと見つかりますよ。ここにはいたずら好《ず》きな幽霊《ゆうれい》がいて、ときどき悪さをするんです。あしたになれば、きっと出てきますよ」

ジークは階段《かいだん》の上から見おろしているハートレットさんを観察《かんさつ》していた。ハートレットさんの部屋《へや》は廊下《ろうか》の奥《おく》だ。ミッチェルさんを押《お》して、人に見つかるまえにさっと角をまわり、部屋にもぐりこんだのだろうか。

ミッチェルさんにケガがないことをたしかめ、宿泊客《しゅくはくきゃく》たちはおやすみなさいと言って部屋にもどっていった。各部屋でかぎを閉《し》める音が聞こえた。

双子《ふたご》もビーおばさんを軽く抱《だ》きしめると、古い灯台《とうだい》にあるそれぞれの部屋へと向かった。

「ねえ、今のは事故《じこ》だったのかな？」ジェンがジークにきいた。

「さあ。背中《せなか》を押されたって言っていたし」

「でも二階でなにをしてたんだろう。ほんとうにストップウォッチをなくしたのかな。それとも、二階に行くための口実？」

「ほんとになくしたとして」とジーク。「なんでそれが二階にあるわけ？」

次の日の国語の授業中《じゅぎょうちゅう》、ジェンはヘイ先生に用事を頼《たの》まれ、事務室《じむしつ》へ行った。受付《うけつけ》で事務の先生を待っていると、クレーンさんが事務室の電話を使っているのが見えた。じわじわと近づいてみる。こそこそかぎまわっているわけじゃない、と自分に言い聞かせる。ちょっと興味《きょうみ》があるだけよ。

クレーンさんは背中《せなか》を丸めて話している。だれにも聞かれたくないのだろう。そんなに重要《じゅうよう》で、人に聞かれたくない話って、いったいなに？　ジェンは不思議《ふしぎ》に思った。

「そんなの無理《むり》だよ」受話器《じゅわき》に向かって、しゃがれた声で話をしている。さらになにか言ったけど、聞き取れなかった。

ジェンはさらに近づいた。クレーンさんの次の言葉を聞いて、口の中がからからにかわいてしまった。「できないよ。みんなすごく……思ったよりむずかしくて……計画どおりにいかないんだ。もうひとつの……」

事務の先生に声をかけられ、ジェンはとびあがるほどおどろいた。用事が終わったころには、クレーンさんの姿《すがた》はもうなかった。

盗《ぬす》み聞きした内容《ないよう》を早くジークに伝《つた》えたかった。でも昼休みまでまだ一時間もある。しかたなく教室にもどった。ようやく一時間がたち、ジェンはカフェテリアでジークをつかまえた。でもまわりがうるさくて、話をするのもひと苦労《くろう》だった。

「それはあやしいね」静《しず》かな一角を見つけてすわると、ジークが言った。

ジェンはピーナッツバターとバナナのサンドウィッチをひと口かじり、うなずいた。

「でも、どうあやしいのかな?」

「ごかのごうごしゃだぢをいだめ……」とジェンが言うと、「まずは飲みこめよ」あきれたようにジークが言った。

「ほかの候補者《こうほしゃ》たちを痛《いた》めつけようとしているのよ」ジェンは冷《つめ》たい牛乳《ぎゅうにゅう》で口の中のものを流しこんでからくりかえした。「もしほかの候補者がいなくなれば、この仕事がもらえるわけでしょ。おぼえてる? この中の一人だけが校長になれるんだって言ったのはクレーンさんよ。どうしてもこの仕事がほしいのよ。じゃま者を消すためにはなんでもする気なんだわ」

手作りのビスケットをかじりながら、ジークは深くうなずいた。

二人が次になにかを言うまえに、片手《かたて》にトレイを持ったステイシーがあらわれた。ジェンの腕《うで》をぐいぐいひっぱって言う。「もう、ジェンったら。二人で窓《まど》ぎわの席《せき》にすわるって言ったじゃない。ねえ、ジョシュがひどいこと言うのよ！」

ジェンはジークに向かって肩《かた》をすくめてから立ちあがり、ステイシーについていった。声には出さなかったけど、ジークに人知れずメッセージを送っていた。〝放課後ね〞気持ちが伝《つた》わったのだろう。ふりかえるとジークがうなずいていた。

放課後、坂下でスクールバスをおりた二人は、宿までの道をゆっくりと歩いていた。「なにかこれぞといった考えはある？」とジェン。

「なんの？」

「一連の事件《じけん》についてよ。今までのことが全部偶然《ぐうぜん》だなんて、ちょっとおかしくない？」

「かもしれないけど」

「かもしれないってどういう意味？」ジェンがつめよる。

「ちょっと大げさじゃないかなって」

「ミッチェルさんは階段《かいだん》から落ちて殺《ころ》されかけた。アダムズさんは車ごと崖《がけ》から落ちるところだった。それでも大げさだっていうの？」ジェンはぷりぷり怒《おこ》っている。「そっちこそ、小げさじゃないの！」

「小げさなんて言葉はありません」とジーク。

ジェンはジークをにらんだ。「もういい。わたし一人で考えるから」

家に着くと、ウィルソン刑事《けいじ》がビーおばさんといっしょに台所のテーブルに向かっていた。笑《わら》い声が聞こえ、ウィルソン刑事はアップルパイのアイスクリーム添《ぞ》えの最後《さいご》のひと口を食べおえた。

ウィルソン刑事は、すでにミスティック警察《けいさつ》を引退《いんたい》している。でも四十年も刑事をしていたので、今もウィルソン刑事と呼ばれている。ジェンの予想《よそう》では、刑事はビーおばさんが好《す》きなのだという。一方のジークは、ビーおばさんの料理が好きなだけだろうと考えている。いずれにしても、ウィルソン刑事が来てくれるとうれしい。おやつや夕食時によくやってきては、宿の力仕事を気軽に引き受けてくれる。

ウィルソン刑事は二人を思いっきりあたたかい笑顔《えがお》でむかえてくれた。お皿に残《のこ》っているアイスクリームも溶《と》かしてしまいそうなあたたかさだ。もっともお皿にはアイスもなにも残っていない。おばさんの料理が残《のこ》ることはないのだ。

ジェンはウィルソン刑事《けいじ》のとなりのイスに腰《こし》をおろした。「おばさんから事件《じけん》のことは聞いた？」

ウィルソン刑事はおどろいて聞きかえした。「事件？」

「なんでもないのよ」ビーおばさんがウィルソン刑事を安心させるように言った。「事件というより、偶然《ぐうぜん》のできごとってところかしらね」

「偶然かどうか、わからないでしょ」とジェン。そして、まずアダムズさんの車の事故《じこ》、それからミッチェルさんが階段《かいだん》から突《つ》き落とされ、首の骨《ほね》を折《お》るところだったとうったえていることなどをウィルソン刑事に話した。

「それにクレーンさんの書類《しょるい》かばんがなくなったことも」とジーク。

ウィルソン刑事はじっくりと耳をかたむけ、そして口を開いた。「残念《ざんねん》ながら、警察《けいさつ》は被害者《ひがいしゃ》からの届《とど》け出《で》がないとなにもできないよ。どちらにしても事件というより、事故のような気がする。アダムズさんやミッチェルさんが届け出ても、なにもわからずじまいかもしれないな。クレーンさんの書類かばんも見つかったのなら……」声がしだいに小さくなって、刑事は肩《かた》をすくめた。

ジークが満足《まんぞく》げにほほえんだので、ジェンは顔をしかめてやった。ビーおばさんは立ちあがって、二人のためにパイを取ってきてくれた。「今日は部屋《へや》のそうじはあとになるわ。お客さんたちがみんな部屋で休んでいるの。今夜は夕食会があるし、あしたはいよいよ面接《めんせつ》ですからね。かなりストレスがたまっているみたいよ」

ビーおばさんがアイスクリームをたっぷりすくった。それをジェンのパイの上にのせようとしたそのとき、ぞっとするような悲鳴が宿じゅうに響《ひび》きわたった。

第六章　新《あら》たな標的《ひょうてき》

ジェンの背中《せなか》に寒気《さむけ》が走った。「今のはだれ？」声をひそめる。

また悲鳴が聞こえた。

ウィルソン刑事《けいじ》はすでに立ちあがり、悲鳴が聞こえた方向へと走っていった。ジェン、ジーク、ビーおばさんもあとを追う。二階でだれかがさわいでいる。正面階段《かいだん》をかけあがった。宿泊客《しゅくはくきゃく》が何人か、ハートレットさんの部屋《へや》の外に集まっている。その中心にハートレットさん。手で顔をおおっている。アダムズさんが落ち着かせようとしていた。

「なにがあったんです？」ウィルソン刑事がきく。

「へ、ヘビが」歯をガチガチ鳴らしながらハートレットさんが答えた。

ジェンとジークは人をかきわけ、部屋《へや》の入り口まで来た。ボールズ博士《はかせ》が四つんばいになって、ベッドの下にヘビがいないかさがしている。

「いた?」とジーク。

「さっきはいたよ」うなるような声でボールズ博士が答えた。「でも逃《に》げられてしまったんだ」

「どんなヘビですか?」

「毒《どく》のない、よくいるタイプだよ。心配することはない」

「心配なんてしてません」とジーク。「ぼくもいっしょにさがします」

ジェンもヘビさがしに参加《さんか》した。ヘビは好《す》きではないけど、毒ヘビでないのならだいじょうぶ。床《ゆか》に腹《はら》ばいになりながらジェンは思った。ヘビが勝手に入りこむわけがない。やっぱりなにかある。

ヒーターの近く、ゴミ箱のそばでとぐろを巻《ま》いているヘビを見つけた。叫《さけ》びたい気持ちをおさえながらジークとボールズ博士を呼《よ》ぶ。できるだけ落ち着いた声で「見つけたわよ」と声をかけた。

ボールズ博士《はかせ》が片手《かたて》でヘビをつまみあげた。ハートレットさんの部屋《へや》から出ると、宿泊客《しゅくはくきゃく》はあとずさりして、道をあけた。

「かわいいガーターヘビですよ」ボールズ博士は満足《まんぞく》そうにくすくす笑《わら》いながら、ヘビを外に逃《に》がすため、階段《かいだん》をおりていった。途中《とちゅう》、ミッチェルさんとすれちがい、ヘビを突《つ》きだした。「どうです？　外に逃がしてみませんか？」

ミッチェルさんはさっととびのいた。あまりにもうしろにさがったので、手すりを乗り越《こ》えて落ちてしまうのではないかとジェンは思った。ミッチェルさんが体勢《たいせい》をととのえる様子《ようす》がおかしくて、くちびるをかみながら笑いをこらえた。

「けっこうです」とミッチェルさん。まだヘビからのがれようと反りかえっている。「おまかせしますよ」

ボールズ博士はにやっと笑った。「では、そうしますか」そして階段をおり、玄関《げんかん》から外に出ていった。くすくすと楽しそうに笑いながら。

ミッチェルさんはくやしそうに目を細め、くちびるをかんだまま、ボールズ博士をにらんでいた。

人を殺《ころ》しかねない目つきだな。ジークは思わずそんなことを考えてしまった。

ハートレットさんはほかにヘビがいないことを何度もたしかめ、ようやく部屋《へや》にもどっていった。廊下《ろうか》のむかいの部屋のクレーンさんはちょっと顔が青ざめている。アダムズさんが「ほかの部屋にはいないでしょうね」と言ったときには、いちだんと青ざめて見えた。

ビーおばさんがせきばらいをした。「なんでヘビがこんなところにいたのかしら。でも、ちゃんと理由があるはずですよ。こんなこと、今まで一度もありませんでしたから」

ジェンはジークの腕《うで》をひっぱり、下の居間《いま》へと向かった。「ほらね」とささやく。「やっぱりなにかあるわよ。だれかがアダムズさんを魔《ま》のカーブで突《つ》き落とそうとした。大事な書類《しょるい》の入ったクレーンさんの書類かばんを盗《ぬす》んだ。ミッチェルさんは階段《かいだん》から突き落とされて、あやうく首の骨《ほね》を折《お》るところだった。そしてハートレットさんは恐怖《きょうふ》でガチガチになっている」

ジークもうなずく。「たしかに全部が偶然《ぐうぜん》じゃないかもね」

「それだけじゃないわ」とジェン。「犯人《はんにん》はこの中にいるのよ」

「どうして？」

「もしよその人がヘビを持って入ってくれば、ビーおばさんが気づいたはず。それにゆうべミッチェルさんが突《つ》き落とされたときには、玄関《げんかん》のかぎは閉《し》まっていた。どうしてもこの仕事がほしい人がいて、ほかの候補者《こうほしゃ》を脅《おど》して追いはらおうとしているのよ」

「そうだな」ジークもうなずいた。

「だれかがケガをするまえに、その犯人《はんにん》をつきとめなきゃ」

「それはウィルソン刑事《けいじ》にまかせたら？」

ジェンは長イスにドシンと腰《こし》かけると小さなため息をついた。

「ここの宿泊客《しゅくはくきゃく》のことをよく知っているのは、どっち？　ウィルソン刑事、それともわたしたち？　わたしたちが犯人をつきとめて、それをウィルソン刑事に教えるのよ」

「探偵《たんてい》みたいに？」

「そのとおり」とジェン。「それでどこから始める？」

「まずはそれぞれの事件《じけん》が起こった現場《げんば》を検証《けんしょう》しなくちゃ。まずは最初《さいしょ》の事件現場に行こう」

ジェンははっとした。「ということは、魔《ま》のカーブに行くの？」

第七章　魔《ま》のカーブ

「そう、魔のカーブさ」ジークがくりかえす。あのおそろしいS字カーブのことを考えるとぞっとする。地元の人が魔のカーブなんて呼《よ》ぶからなおさらだ。毎年、あそこで何件《けん》もの事故《じこ》が発生する。市は、つい最近道路を舗装《ほそう》しなおし、事故防止《ぼうし》のためガードレールを新しく設置《せっち》した。それも功《こう》は奏《そう》さなかったわけだ。改良後《かいりょう》、最初《さいしょ》の事故がアダムズさんのだったのだ。

「あしたよ」とジェン。「先生たちの会議《かいぎ》で授業《じゅぎょう》はお休みだから、自由に捜査《そうさ》できるわよ」

「あしたは自由ですって？」居間《いま》に入ってきたビーおばさんが言った。「食堂《しょくどう》と居間の窓《まど》わくを塗《ぬ》りかえるの、忘《わす》れたわけじゃないでしょうね」

「でもあれはまるまる一日かかっちゃうよ」とジェンが悲しそうにうったえた。

ビーおばさんはウィンクした。「それなら今始めてもいいんじゃないかしら」そしてにこっと笑《わら》いながら部屋《へや》をあとにした。

ジェンとジークは顔を見あわせた。今始める気にはなれない。それより、魔《ま》のカーブは？

「手がかりをさがしにいくとしたら、今しかないわね」ジェンが時計を見ながら言った。

「でももう暗くなるよ」

「あと一時間くらいはだいじょうぶよ。行こう」ジェンが立ちあがった。

そのとき、ビーおばさんがもどってきた。「ジェン、台所でちょっと手伝《てつだ》ってもらいたいの。ジーク、悪く思わないでね。パン作りはジェンのほうがうまいのよ。ソフトボールをやってるでしょ。パンの生地《きじ》は、コシが命、ソフトボールのピッチャーも、なんといっても腰《こし》が勝負だからね」大きな口を開けて笑ったので、銀のつめものがきらりと光った。

笑いながら、おばさんは部屋を出ていった。ジェンはジークに向かって言った。「一人で魔のカーブに行ってもらうしかないわね」

ジークはゴクリとつばをのんだ。「一人で？」

ジェンがうなずく。「ほかにいい方法《ほうほう》でもある？　わたしはここでおばさんの手伝《てつだ》いをしなくちゃならないし、あしたはやることが山ほどある。チャンスは今しかないのよ」

「そうだよな」しぶしぶ認《みと》めながらも、ジークはまだほかの可能性《かのうせい》をさぐっていた。

「この謎《なぞ》を解《と》き明かしたいんでしょ？」ジェンがせまる。

「もちろんさ。だけど――」

「じゃ、さっさと行きなさいよ。自転車でね。ただ魔《ま》のカーブでは気をつけるのよ」

「ご忠告《ちゅうこく》、ありがとよ！」ジークは横目でジェンをにらんだ。

居間《いま》を出るとき、ジークはあたりを見まわした。足音がしたと思ったのに、だれもいない。気にしないことにしよう。きっとビーおばさんだったんだ。

ジェンは自転車置《お》き場までついてきた。そしてジークが茶色く波打つ髪《かみ》の上から、派手《はで》な赤いヘルメットをかぶるのをながめていた。

「がんばってね」ジェンが声をかける。

「わかったよ」そう言うと、ジークはペダルをこぎ、坂を下っていった。右側《みぎがわ》を走る。車と同じ右側通行だ。でも車などほとんど走っていない。

下り坂はらくだ。こがなくてすむ。魔《ま》のカーブのことは考えないようにした。でも考えまいとすればするほど、意識《いしき》してしまう。魔のカーブ、魔のカーブ、魔のカーブ、ああっ、いやだ！灯台《とうだい》からの下り坂が終わると、ジークはペダルをこぎはじめた。太陽はだいぶ低《ひく》くなり、南に向かって走るジークの右手の、松林《まつばやし》の裏《うら》にかくれそうだ。幸《さいわ》い、魔のカーブはさほど遠くない。遅《おそ》くとも三十分から四十五分でもどることができるだろう。

ジークはペダルをこぐ速さをあげた。魔のカーブに早く行きたいからではない。早く終わらせたいだけだ。カーブが近づいてくるにつれて、ハンドルをにぎる手に力が入る。

道路がゆるやかにカーブしたかと思うと、とつぜん急な曲がりかたをした。魔のカーブだ。カーブの外側《そとがわ》には草地があり、そしてガードレールがある。その先はなにもない。崖《がけ》っぷちだ。下には、はげしく砕《くだ》ける波と切り立った岩。反対側《はんたいがわ》は斜面《しゃめん》になっていて、松林で目かくしされている。ジークは砂利《じゃり》の路肩《ろかた》を走った。車道からできるだけはなれていたかったのだ。何台か、車がわきを通りすぎていく。どれも安全運転だ。黄色い矢印《やじるし》の標識《ひょうしき》や「スピード落とせ　この先カーブ有危険《ありきけん》」という警告《けいこく》にきちんとしたがっている。

ようやくアダムズさんが道路から押《お》しだされそうになったという場所にたどり着いた。自転車をおりて、両車線をくまなく見ながら歩く。自転車は道ばたの溝《みぞ》の中にとめた。すぐそこのガードレールの先に落ちこむ断崖絶壁《だんがいぜっぺき》から、できるだけ遠くに。崖《がけ》の下は見ないようにする。高所恐怖症《こうしょきょうふしょう》なんかじゃない、と自分に言い聞かせる。ただ……そこで、頭が真っ白になった。う〜ん、たしかに高いところは好《す》きじゃない、と思う。でもそれを認《みと》めるのは、自分でもいやだった。

崖のことや打ちよせる波のことは考えないようにした。手がかりを見つけなければ。強風が吹《ふ》きつける。木はがさがさと音をたて、砂《すな》ぼこりが目に入る。目を細めながら、立ったまま道路を見わたした。スリップ痕《こん》はどこにもない。へんだな。アダムズさんはもしかしたら、実際《じっさい》よりも大げさに話したのかもしれない。

次にジークがさがしたのは、割《わ》れたテールランプのプラスチック片《へん》。でもあらゆる方向に風が吹き乱《みだ》れているから、なにも見つからなくてもおかしくはない。四つんばいになって、ガードレール側《がわ》の草の中もさがした。見つかったのは、一九五〇年製《せい》の五セント硬貨《こうか》、ソーダの缶《かん》、片方《かたほう》ずつの古ぐつがふたつ、そしてビー玉ひとつ。割れたテールランプのかけらはどこにもない。

ジークもようやくあきらめがついた。しゃがみこんで、見落とした場所はないか見まわしてみた。太陽はまだ沈《しず》んではいない。でも道路の反対側《はんたいがわ》に広がる松林《まつばやし》の裏《うら》にかくれてしまった。ジークは寒気《さむけ》を感じて、ジャンパーのまえを閉《し》めた。刻々《こっこく》と暗くなり、風も強くなってくる。決定的《けっていてき》な発見もなく帰りたくはない。でも、双子《ふたご》のどちらかが自転車で出かけたまま、暗くなっても帰らないとなれば、ビーおばさんが心配するに決まっている。

ジークは自転車をとめたところまで、草をけりながら歩いてもどっていった。赤や白のプラスチック片《へん》が見つかることを期待しながら。なにかが見えた。でも、かがんでよく見ると、ただのくず鉄だった。太陽はいよいよ沈《しず》んでいく。ものが見えにくくなってきた。

するととつぜん、車のエンジン音が後方でとどろいた。ふりむくと、まるで映画《えいが》のスローモーションみたいだった。ふたつの巨大《きょだい》なヘッドライトがセンターラインを越《こ》えて、まさに自分に向かって突進《とっしん》してくる！　とっさにとびのいた。草の上に着地し、右足首をひねってしまった。地面にころがった。足にするどい痛《いた》みが走る。

ぎりぎりのところで、その車は向きを変《か》え、タイヤを鳴らしながらカーブを曲がっていった。そして次の瞬間《しゅんかん》にはもう視界《しかい》から消えていた。

ジークはずきずきする足首をおさえた。どうしよう。どうすることもできない。この足じゃ、自転車には乗れない。でもビーおばさんにこのことが知れたら、殺《ころ》されちゃう。どんなに足首が

痛《いた》くても、帰るしかない。

落ち着かなければ。でも心臓《しんぞう》はバクバク脈打《みゃくう》っている。

ある思いが、頭の中をぐるぐるとまわっていた。ぼくを殺《ころ》そうとした人がいる。もしその人がとどめをさそうと、もどってきたら？

第八章　手がかりなし

ジェンはもう一度時計を見た。そして台所の広い窓《まど》の外へ目をやる。まもなく暗くなる。しかも一時間以上もたっているのに、まだジークはもどらない。もうとっくに帰っているころなのに。

「いったいなにをしているの？」ビーおばさんが背後《はいご》からのぞきこんで言った。

ジェンは手元にある生地《きじ》を見おろした。こねるように言われた生地だ。のばしたりたたんだり、たたいたり、テーブルに打ちつけたりするはずの生地。でも気がつくとジェンは、小さくちぎってビー玉くらいの大きさに丸めていた。

「ごめんなさい」ジェンはあわてて、またひとつにまとめようとした。「ちょっと別《べつ》のことを考えちゃって」

「別《べつ》のことって？」

「ジークがもどってこないの」もうだまっていられなかった。

「どこから？」

「そのう――魔《ま》のカーブから」

「こんな時間に？」そう言うと、ビーおばさんはすぐにミツバチ模様《もよう》のエプロンをほどきはじめた。「もう暗くなるっていうのに。あの道はあぶないのよ。とくに夕暮《ゆうぐ》れどきは」

「わかってる」指についた生地《きじ》を取りのぞきながらジェンが言った。「だから心配なの」

ビーおばさんは壁《かべ》にかかっていたかぎの束《たば》を、さっとつかんだ。「行くわよ。ジークをさがさなきゃ」

ジェンはおばさんのあとを追いかけた。二人はワゴン車に乗りこむと、シートベルトをきちっとしめた。坂を猛《もう》スピードでくだり、魔のカーブへとつづく海沿《ぞ》いの道を走った。

ふと横を見ると、おばさんは口を真一文字に閉《と》じている。

「ごめんなさい」エンジン音にかき消されそうな声でジェンが言った。

「日が暮《く》れるころにあんな危険《きけん》な場所に行くなんて、どうかしてるわよ。薄暗《うすぐら》くてよく見えないから、運転手にとってはいちばんいやな時間なのよ」

ジェンは座席《ざせき》の端《はし》をギュッとつかんだ。そしてひたすらジークのことを思った。でも強く念《ねん》じれば念じるほど、足首がずきんと痛《いた》むのだ。なんの関係《かんけい》もないはずなのに。それとも、なにかあるの？

「いた！」ジェンが叫《さけ》んだ。魔《ま》のカーブにさしかかるところだった。

ビーおばさんはブレーキを踏《ふ》み、注意深く車を道路わきにとめた。周囲《しゅうい》の車にこちらの存在《そんざい》を知らせるため、ライトはつけたままだ。ヘッドライトがジークを照《て》らす。足をひきずりながら自転車を押《お》していた。

ジェンとビーおばさんがかけよった。

「ジーク、どうしたの？」ビーおばさんがきいた。

「足首でしょう？」とジェン。ジークのことを思ったときに足首が痛くなった理由が、やっとわかった。

ジークはうなずく。「ひねっちゃんたんだ。でも折《お》れてはいないと思う」

「家に帰りましょう」とビーおばさん。そう言うと、ジークに手を貸《か》して車にもどった。ジェンは自転車を押《お》してきた。自転車はトランクにのせ、ジークは後部座席《ざせき》にたおれこんだ。

「だれも来ないかと思ったよ」車が走りだしたころ、ジークが言った。

「ジェニファーからあなたの行き先と、なかなかもどってこないことを聞いて、すっとんできたのよ」とビーおばさん。

ジェンが後部座席をふりむくと、ジークと目が合った。ジェンという愛称《あいしょう》ではなく、ジェニファーと名前をきちんと呼《よ》ぶのは、おばさんが怒《おこ》っているときだ。

ビーおばさんはゆっくりと、慎重《しんちょう》に運転している。この大きな車で魔《ま》のカーブを曲がるのは、むずかしいのだ。

ジェンは落ち着かない気持ちで助手席にすわっていた。ジークはたいへんな目にあったにちがいない。ききたいことはいっぱいあるのに、おばさんのまえではきけない。心配して、かかわるなと言われるだけだから。

クイック・ストップに着くと、ビーおばさんは駐車場《ちゅうしゃじょう》に車を入れ、ジェンにお金をわたした。

「アイスクリームがあと少ししかないのよ」

ジェンは車からとびおりると、お店へ走っていった。バニラ・アイスの特大《とくだい》サイズをひとつつかんで、レジに向かった。

「よう、ジェン」店員が声をかける。ジェンはステイシーのお兄さんを見て、にこっと笑《わら》った。

「ブライアン、こんにちは。どう？　新しいバイトは」

「まあまあかな」レジを打ちながら答えた。「ときどき遅刻《ちこく》しそうになるけど、給料日《きゅうりょうび》だけは楽しみだぜ！」

ジェンは笑った。赤・白・青のストライプのビニール袋《ぶくろ》をさしだされたけど、首をふってことわった。「環境《かんきょう》を守らなくちゃ。またね、ブライアン」

ジェンがもどると、おばさんは車を出し、家に向かって走りだした。

あのヘアピンカーブにまたさしかかると、生きた心地《ここち》がしなかった。今回は、右側《みぎがわ》の崖下《がけした》に海が見えた。真っ黒な海が、はげしい波音をあげている。魔《ま》のカーブがすぎると、三人とも呼吸《こきゅう》がらくになった気がした。

宿に着くと、車からおりるまえに、おばさんが二人に向かって言った。「あなたたち二人がなにをしようとしているのかは知らない。でももっと気をつけなさい、わかった？」きびしい口調《くちょう》だ。

ジークもジェンも深くうなずいた。

ビーおばさんの手を借《か》りて、ジークは居間《いま》へと向かった。そして氷で足を冷《ひ》やしながら、食事をした。

夕食後、ようやく二人だけで話すことができた。「それでいったい、なにがあったのよ？」

「車にひかれそうになってさ。さけようとして足首をケガしちゃんたんだ」

「ええっ!?　偶然《ぐうぜん》？　それともだれかにねらわれたの？」ジェンがきいた。

ジークは首を横にふった。「かなりあぶなかった。危機一髪《ききいっぱつ》だったんだ。あれはぼくをはねようとしてたのか、さもなければ、よけた拍子《ひょうし》に崖《がけ》から落ちるのをねらったか、どっちかだよ」

「こわかったでしょう」

「いいや」とジーク。「なんてことなかったよ」

ジェンは疑《うたが》うような目つきをした。

ジークは苦笑《にがわら》いを浮かべた。「はいはい。ちょっとはこわかった、かな」笑《わら》いながら白状《はくじょう》する。

「まったく双子《ふたご》っていやになっちゃうよな。なんでもばれちゃうんだから」

ジェンもつられて笑《わら》った。相棒《あいぼう》がこうして無事《ぶじ》に、五体満足《ごたいまんぞく》でもどってきてくれて、心底《しんそこ》ほっとしていた。

「でもこれって、どういうこと？　どうしてジークがころ……ねらわれるわけ？」殺《ころ》すという言葉は、どうしても使えなかった。

「まったくわからない」ジークにも見当がつかなかった。「もしかしたら、ぼくたちが知りすぎてしまって、よく思わない宿泊客《しゅくはくきゃく》がいるのかもしれない」

二人はしばらくだまって考えていた。やがてジェンが口を開いた。

「ジークを襲《おそ》ったのってどんな車だった？」

「わからない。一瞬《いっしゅん》のことだったからね。カーブを曲がっていくところは見えたけど、スピードも出ていたし、暗かったし」ジークは答えた。

「つまり、だれだったとしてもおかしくないのね」

「最悪《さいあく》だね。ぼくたちは知りすぎてねらわれているのに、なんの手がかりもないなんて！」

翌朝《よくあさ》になると、ジークの足首は少しよくなっていた。

「よかった」とジェン。「これなら窓《まど》わく塗《ぬ》りもできるわね」

「そこまでよくなっているかどうか」ジェンはジークをにらんだ。「手伝《てつだ》わないなら、もっと痛《いた》い思いをするかもよ」と脅《おど》す。

「わ〜ん。妹にいじめられたよ〜」

ジェンはジークをひっぱたこうとした。でも、足首を痛めていてもジークの動きはすばやかった。笑《わら》いながら、片足《かたあし》でぴょんぴょんと逃《に》げていった。

ビーおばさんは二人を食堂《しょくどう》に呼《よ》ぶと、ジークにはすわってできる場所を、ジェンには高いところを担当《たんとう》させた。

ようやく終わったのは昼ごろだった。

「片《かた》づけは頼《たの》んでもいい？　足首がまたずきずきしはじめた」ジークが言った。

ジェンはジークを見た。らくをしようとたくらんでいるのかどうか、見きわめるためだ。でも、ほんとうに顔色がよくない。「いいわよ。やっておく」

ジェンはペンキ缶《かん》とはけを箱にしまい、裏口《うらぐち》から外に出た。そのとき、ミッチェルさんとすれちがった。ジェンを見て、びくっとしている。

ジェンはにっこりとほほえんで、声をかけた。「こんにちは。どうかしたんですか？」せんさくするつもりはまったくなかった。でもミッチェルさんの顔が赤くなるのを見て、きいてはいけないことをきいてしまったのだとわかった。

「いや、別《べつ》に」つぶやくように答えると、さっさと行ってしまった。

ジェンは肩《かた》をすくめた。ミッチェルさんはなにをしていたんだろう。不思議《ふしぎ》に思いながら、物置《ものおき》へと向かった。荷物《にもつ》を持ち、下を向いていたので、駐車場《ちゅうしゃじょう》に人がいることに最初《さいしょ》は気づかなかった。と、アダムズさんが自分の車のトランクをひっかきまわしているのが見えた。ため息をついて、ペンキの箱をおろすと、近づいていった。

「なにかお手伝《てつだ》いしましょうか？」

アダムズさんは悲鳴をあげて、トランクをバタンと閉《し》めた。

「わっ！　びっくりした！」

第九章　まさか毒《どく》？

「ごめんなさい」とジェン。「おどろかすつもりじゃなかったんです。ただ、トランクからなにか運びだすなら、お手伝《てつだ》いしようかと思って」

アダムズさんはふるえる手でのどをおさえ、苦しそうに笑《わら》っている。「いいのよ。ちょっと中を整理していただけだから。たくさんおみやげを買ってしまったので、帰るときに入るかどうか、たしかめていたの。もちろん」そこで声のトーンをさげた。「近々またもどってくると思うけどね」

「お仕事、決まったんですか？」ジェンがきいた。

両手を広げて、アダムズさんは答えた。「確実《かくじつ》ではないけど、いい線いっていると思うわ」

ジェンはほほえむと、ペンキ缶《かん》の入った箱に目をやった。

「仕事にもどらなきゃ。じゃあ、またあとで」

明るく手をふって、アダムズさんは宿へと入っていった。

ジェンが物置《ものおき》にペンキをしまってもどると、ジークは台所で手を洗《あら》っていた。

「みんな面接《めんせつ》からもどったみたいね」とジェン。「たった今、アダムズさんに駐車場《ちゅうしゃじょう》で会ったわ。いろいろ買いこんだらしくて、トランクにおさまるかどうか、たしかめていたんだって。でも見たところ、工具箱《こうぐ》しかなかったから、だいじょうぶだと思うけどね」

「工具箱？」手をふきながらジークがききかえした。「なんでトランクに工具箱なんか入ってるのかな？」

「なにがへんなの？」今度はジェンが手を洗いはじめた。「ビーおばさんも流しの下に置《お》いてるじゃない」

ジークは肩《かた》をすくめた。「そうだね。女の人って、みんなへんなんだ」

そう言って笑《わら》った。ところが、またとつぜん痛《いた》みが走り、顔をしかめた。「ああ、足首が。ジェン、そうじは無理《むり》みたい」

「痛《いた》いふりしちゃって」ジェンが文句《もんく》を言った。

「ほんとうだよ、すごく痛いんだ」ジークは足をひきずっていって、イスにすわった。

「おぼえときなさいよ！」ジークの笑《わら》い声が耳からはなれない。それでもジェンはそうじ道具を手に、台所をあとにした。

面接《めんせつ》つづきで疲《つか》れているだろうに、宿泊客《しゅくはくきゃく》の多くは部屋《へや》にいなかった。ジークがいると部屋のそうじの順番《じゅんばん》をきびしく守らされる。でも今日は試しに、その順番を変《か》えてみることにした。

ボールズ博士《はかせ》は散歩《さんぽ》に出かけていたので、まずは博士の部屋へ行った。小さく口笛を吹《ふ》きながらそうじをしていると、なにかがおかしいという気がした。でもそれがなんなのかがわからない。気にしないことにしてそうじを終わらせ、次の部屋へと向かった。

アダムズさんの部屋の床《ゆか》を掃《は》いていて、ようやくその違和感《いわかん》の原因《げんいん》がわかった。ボールズ博士のあの箱がなかったのだ！

ジェンが部屋のかぎを閉《し》めようとしていたら、アダムズさん本人があらわれた。「まあ、ほんとうによく働《はたら》くのね」

「小さな宿ですから、しかたないんです」ジェンは答えた。「でもいやじゃないんですよ」ジェンは失礼《しつれい》しますと言って、廊下《ろうか》を歩いていった。バケツをかかえてロビーを抜《ぬ》けていくと、ランニングに出かけるミッチェルさんに会った。

「お部屋《へや》のおそうじをしてもいいですか？」うしろから声をかけた。

「ああ、どうぞ」ふりむきながらミッチェルさんが答える。「たいして汚《よご》れてないと思うけど」

そして玄関《げんかん》から出ていった。

ジェンはミッチェルさんの部屋をちらっと見て、思わず笑《わら》ってしまった。これで「たいして汚れてない」なんて言えるのはこの人と、あとは自分くらいのものだろう。ううん、わたしよりずっとひどい。

ドアを開けたまま、床《ゆか》にすきまを見つけては掃《は》いた。でもなにしろくつ、雑誌《ざっし》、洋服が散乱《さんらん》しているので、ものの二分もかからなかった。

バスルームの洗面台《せんめんだい》をみがいていると、うしろでだれかがせきをしたのが聞こえた。びっくりしてふりかえると、かすかに背《せ》を丸めたアダムズさんと目が合った。「なあんだ」ほっとして言った。自分がそれほどまでにぴりぴりしていたとは気づかなかった。この謎《なぞ》さえ解《と》ければ、もっと気持ちがらくになるのに。

アダムズさんがまたせきこんだ。大きなハンカチを口にあてている。せきをすればするほど、顔がどんどん紅潮《こうちょう》し、髪《かみ》の毛よりも赤くなっていく。

心配になってきて、ジェンは声をかけた。「だいじょうぶですか？」

アダムズさんは首をふるだけだ。

一気に不安が襲《おそ》ってきた。「ま、まさか毒《どく》でも？」

「いえ」アダムズさんが、かろうじて声を出した。「水を」

「お水がほしいんですね？」

アダムズさんが大きくうなずいた。

まだ不安を感じながら、ジェンはミッチェルさんの部屋《へや》の洗面台《せんめんだい》にあるガラスのコップを見た。歯みがき粉《こ》がついたままだ。ゲッ、きたない。

「すぐもどりますから」そう言うとジェンは部屋を出て、食堂《しょくどう》を通り、台所へと向かった。きれいなコップをつかみ、蛇口《じゃぐち》から冷《つめ》たい水をそそいだ。ミッチェルさんの部屋にもどると、だれもいなかった。でも廊下《ろうか》の奥《おく》からせきをする音が聞こえる。こんこんと短いせきが聞こえてくるほうへと向かうと、案《あん》の定《じょう》アダムズさんの部屋《へや》だった。

ジェンは水をさしだした。

水をコップ半分ほど飲むと、真っ赤だった顔色が少し落ち着いた。大きく息をする。「ありがとう」もう一度せきをすると、残《のこ》りを飲みほした。「あー、おどろいた。のどがむずむずすると思ったらせきが止まらなくなって、もうおむかえが来てしまうかと思ったわ」

「おむかえって、どこかへ行かれるんですか？」意味がわからずジェンが質問《しつもん》した。

アダムズさんは笑《わら》った。「いいえ、わたしはずっとここにいることになると思うわ。でもこの場合のおむかえが来るとは、あの世へ行く、死ぬという意味なのよ」

ジェンはぶるっとふるえた。「よかった、その——おむかえが来なくて」そう言って笑っていると、ベッドの下からスリンキーがアダムズさんのハンカチをくわえて出てきた。

「あらまあ」アダムズさんがびっくりしている。

ジェンはネコをつかまえた。「このいたずらっ子」スリンキーを抱《だ》きかかえながら言った。

「ごめんなさい。スリンキーはすごく好奇心《こうきしん》が旺盛《おうせい》なの」

アダムズさんがハンカチをしまうと、ジェンはスリンキーを外に出した。

「ドアさえ閉《し》めておけば、悪さはしませんから」

「おぼえておくわ。お水、ありがとう。部屋《へや》のコップはお花に使ってしまっていたの。助かったわ」

ジェンはにこっとほほえんだ。「これも仕事ですから」

そう言うと急いでミッチェルさんの部屋にもどり、そうじを終わらせた。いい天気だ。こんな日はステイシーとキャッチボールでもしていたい。

手すりのほこりをふきとりながら、階段《かいだん》をのぼる。事件現場《じけんげんば》をすべて調べようと言っていたことを思い出し、ジェンはひざまずいて階段のてっぺんのカーペットをじっくりと見た。注意深く、ていねいに見まわしたけど、ミッチェルさんが足をひっかけてしまうようなでっぱりも、裂《さ》け目も見つからなかった。やっぱり、だれかが突《つ》きとばしたにちがいない。もしくはミッチェルさんがそう見せかけたか。ジェンはため息をついた。まだまだ謎《なぞ》は深い。

ハートレットさんは「入室おことわり」のメモをドアに残《のこ》していた。ジェンは一瞬《いっしゅん》ドアのまえで立ち止まって考えた。いったいどうやったら、この部屋にヘビをしかけることなどできるのだろう。ドアの下にはすきまがあるけど、せますぎる。唯一《ゆいいつ》考えられるのは、ドアの上にある換気《かんき》口《こう》だ。この建物《たてもの》は古いのでどのドアの上にも小さな窓《まど》があり、ドアが閉《し》まっていても部屋《へや》の中に風が通るようになっているのだ。でもどこからヘビを入れたかわかっても、だれがやったのかはわからない。

クレーンさんの部屋のドアをたたいてみたけど、返事はなかった。中をのぞくと、うれしいことにきれいに片《かた》づいていた。紙切れ一枚《まい》落ちていない。あっという間《ま》にそうじが終わった。ほうき、ちりとり、そして洗剤《せんざい》が入ったバケツなどをひきずるようにして部屋を出ると、かぎを閉めた。

「どこだ?」一階で男の人が叫《さけ》んでいる。「だれが盗《ぬす》んだんだ?」

第十章　盗《ぬす》み聞き

ジェンは持っていたものをおろし、とぶように階段《かいだん》をおりていった。あの低《ひく》い声の持ち主《ぬし》は一人しかいない。

思ったとおり、ボールズ博士《はかせ》が部屋《へや》の入り口に立っていた。丸い顔が怒《いか》りでむらさき色になっている。「箱が盗まれた！」

ランニングに出かけたミッチェルさん以外《いがい》、全員が集まっていた。ジークでさえ、いったいなにごとかと足をひきずりながらロビーに入ってきた。

「部屋からわたしの箱が盗まれた。どこにあるんだ？」

「あんなものを盗《ぬす》もうなんて人、いるのかな」人には聞こえないように、ジークがジェンにきいた。

「骨董品《こっとうひん》で、すごく価値《かち》があるのかもしれない」

「それともなにか貴重《きちょう》なものが入っているのかも。かぎもかけてたし」

ビーおばさんがボールズ博士《はかせ》の腕《うで》を軽くとんとんとたたいた。「きっと見つかりますよ」落ち着いた口調《くちょう》で話しかける。「みんなでさがしましょうよ。どんな箱ですか？」

ボールズ博士は、箱の大きさ、色、彫《ほ》りこまれている龍《りゅう》の絵柄《えがら》を、さらにはかぎ穴《あな》の上のイニシャルまで説明《せつめい》した。

クレーンさんは二階を見てくると言いながらその場をはなれた。でもジークには、クレーンさんが自分の部屋《へや》にもどってかぎを閉《し》める音が聞こえた。ほかのみんなは箱をさがしにそれぞれ散《ち》っていった。

ジェンはハートレットさんとアダムズさんのあとから食堂《しょくどう》へと向かった。アダムズさんがそっとささやいた。「こんなにさわぎたてることでもないのに。あの人、ぼーっとしてるから、どこかに置《お》き忘《わす》れたのよ、きっと」

アダムズさんたちが食堂《しょくどう》の中をさがしまわっているあいだ、ジェンはたいして期待もせず、台所をざっと見まわした。見つけたのは焼《や》きたてのピーナッツバター・クッキー。ちょっと腹《はら》ごしらえと、ささっと数枚《まい》、口に入れた。

そのころ、ジークは片足《かたあし》をひきずりながら居間《いま》に入った。ジェンは大げさだと思っているみたいだけど、ほんとうに痛《いた》むのだ。なくなった箱をさがす気分にはなれない。

しばらく床《ゆか》にすわって休むことにした。ウーファーがとびついてきた。前足をジークの肩《かた》にのせると、そのまま押《お》したおした。

「やめろよ、ウーファー」ジークは笑《わら》いながら言った。犬に耳をなめられて、くすぐったい。でもウーファーは力が強くて押しかえすこともできないし、一度始めたらなかなかやめないのだ。なまあたたかく、湿《しめ》った舌《した》がこそばゆくて、ジークは笑いころげた。「やめてくれ、ウーファー！」

ウーファーにうっかり痛い足首を踏《ふ》まれてはたいへんと、身をよじってよけたときだった。部屋《へや》のすみにあるひじかけイスの下に、茶色く、四角いものを見つけた。犬を押しのけ、そのイスまではっていった。そして手をのばし、ボールズ博士《はかせ》の箱をひっぱりだした。

まさにそのとき、ジェンが入ってきた。「見つけたのね！」ジークが手にしているものを見て、声をあげた。「どこにあったの？」

「このイスの下」

「いったいだれがこんなところにかくしたんだろう」

「クレーンさん？」ジークは言ってみた。

「でもどうしてクレーンさんが？　さっぱりわけがわからないわ」

「このケースそのものが、わけがわからないよ」

ジェンは不可解《ふかかい》な顔をした。「ケースって？　これは箱でしょ。ケースとはちがうわ」

「事件《じけん》って意味さ。ぼくたちが解決《かいけつ》しようとしている事件。いったいだれがこう次から次へとさわぎを起こしているのか、って謎《なぞ》のことだよ」

「ああ、そのケースね」ちょっとあきれたような顔をしてジェンが言った。「ミステリ小説《しょうせつ》の読みすぎじゃない」と笑《わら》ってつけたす。そして大きな声で叫《さけ》んだ。「見つかったよ！」

足音が向かってくる。ボールズ博士《はかせ》が居間《いま》にかけこんできた。ジークの手から箱をひったくると、かぎ穴《あな》を念入《ねんい》りに調べている。

「どこにあった？」ときく。

ジークが指をさす。「あのイスの下です」

一瞬《いっしゅん》、ボールズ博士《はかせ》はおどろいたような顔をした。「ああ」とだけ言うと、くるっとまわって部屋《へや》から出ていった。少しして、「ありがとう」という声が聞こえた。

ジェンとジークはソファにすわりこんだ。足元ではウーファーが寝《ね》ている。箱も見つかり、宿の中はまた静《しず》かになった。静かすぎるくらいだ。ジェンは眠《ねむ》たくなってきた。うつらうつらしはじめたころ、ロビーから声が聞こえてきた。二人は顔を見あわせた。

ジェンが静かにというように、くちびるに指をあてる。

ジークが声を出さず、「クレーンさん」と口を動かす。

ジェンはうなずき、立ちあがると、居間《いま》の入り口までそうっと近づいていった。もっとよく聞きたい。

「失敗《しっぱい》だよ」クレーンさんが話をしている。カウンターの電話を使っているのだ。各部屋には電話はない。

声が尻《しり》つぼみになったかと思うと、次が聞こえた。「みんな疑《うたが》い深くて……」

ジェンはもっとよく聞きとろうと、さらにもう一歩近づいた。ジークもうしろにぴたりとついて、片足《かたあし》でぴょんと進んだ。その足が、ゆるんだ床板《ゆかいた》の上にのってしまい、怒《いか》り狂《くる》ったネコの叫《さけ》び声のようにキーッと音がした。二人はかたまってしまった。ロビーからの声もぴたりと止まった。

そしてふたたび聞こえた。「もう切らなきゃ。ああ、愛《あい》してるよ」

受話器《じゅわき》を置《お》く音がした。二人はあわててソファにもどった。案《あん》の定《じょう》、その直後にクレーンさんが顔をのぞかせた。「二人はいつも人の電話を盗《ぬす》み聞きするのかな？」答えるすきもあたえず、さらにつづける。「言っておくが、わたしは妻《つま》と話をしていたんだからな」

クレーンさんがいなくなると、二人はぐったりとソファにしずみこんだ。「わたしたち、こそこそかぎまわるいやなスパイだと思われてるわね、きっと」ジェンが言った。

「よく思われるようにね、っておばさんに言われたけど、これじゃ逆《ぎゃく》だね。もしクレーンさんが次期校長先生になったら、たいへんだよ！」

「たしかにね」

「でもさ、ほんとうに相手は奥《おく》さんだったのかな？」ジークが質問《しつもん》した。

「愛《あい》してるよ、と言ってはいたけど」

「あれは相手が奥《おく》さんだと思わせるためにわざと言ったのかも。それまでの会話はかなりあやしかったよ」

二人がすわったまま考えていると、ミッチェルさんがランニングからもどってきた。居間《いま》に顔を出すと、「なにか飲み物をもらえるかな。十五キロほど走ってきたんだ」と声をかけた。

ジェンがすくっと立ちあがった。「いいですよ。台所から持ってきますね」

ミッチェルさんがついてきた。ジェンは大きめのグラスに水をなみなみとそそいだ。三十秒もたたないうちに、ミッチェルさんはそれを飲みほしてしまった。「ふう、うまかった」と、額《ひたい》の汗《あせ》をぬぐう。「のどがかわいているときは、水がいちばんだね」

ジェンが返事をしかけたそのとき、バリバリ、ガシャン！　とガラスの割《わ》れる音が聞こえた。

第十一章　消えうせろ、それが身のためだ！

心臓《しんぞう》がバクバクいっている。廊下《ろうか》を走る足よりも鼓動《こどう》のほうが速いくらいだ。ミッチェルさんがうしろからぴたりとついてくる。さわぎの場所にたどり着くころには、もう息がきれぎれだった。アダムズさんの部屋《へや》を入ったところに、宿泊客《しゅくはくきゃく》が集まっていた。ジェンはその人たちをかきわけて、まえに出た。なにが起きたんだろう。ジークもそこにいた。

「なにが起きたの？」はあはあしながらジェンがきいた。

ジークが指さす。

床《ゆか》にダンベルが落ちていた。紙切れがはってある。ガラス片《へん》が一面に散《ち》らばっている。なんてことだろう。だれかが窓《まど》からアダムズさんの部屋《へや》にダンベルを投げこんだのだ。

「ミッチェルさんのだわ」ジェンがジークに伝《つた》えた。

ジークも気づいていたようだ。「だれかが投げこんだんだ」

「でも、だれが？」

アダムズさんはベッドの端《はし》に腰《こし》かけている。手で顔をおおったままだ。「ひどいわ」と泣《な》き叫《さけ》ぶ。「ひどすぎる」

ビーおばさんがなぐさめている。「心配しないで。ちゃんとはっきりさせますから」そう言うとビーおばさんはおそるおそるダンベルに近づき、はってあるメモをはがした。そして読みあげた。「消えうせろ、それが身のためだ！」

ボールズ博士《はかせ》がまえに出てきた。「ちょっと見せてもらえますか？」ビーおばさんが紙切れをわたすと、ボールズ博士はじっくりと見たあとで、ハートレットさんにまわした。ハートレットさんはクレーンさんにわたした。双子《ふたご》をのぞく全員がその紙切れをじっくりと見た。紙切れがビーおばさんのところにもどってきたが、おばさんはジェンとジークに見せようともしないで、スカートのポケットに押《お》しこんでしまった。

アダムズさんはまだ泣《な》いている。「いったいだれがこんなことを？」

みんなが顔を見あわせる。

「どなたのダンベルなんですか？」ハートレットさんがきいた。

ミッチェルさんが名乗りでた。「わたしのです。でも窓《まど》から投げいれたりはしてませんよ」

「でもだれかが投げいれたんだ」とボールズ博士《はかせ》。「持ち主《ぬし》があなただとすると……」とあえて言葉を切った。

ミッチェルさんはギュッとこぶしをにぎりしめた。「わたしじゃない。窓《まど》ガラスが割《わ》れる音がしたとき、わたしは台所にいた」そう言うとジェンに顔を向けた。「そうだよな？」

ジェンはうなずいた。「ミッチェルさんじゃありません」

「ダンベルはいつからなかったんですか？」アダムズさんが大きな白いハンカチで涙《なみだ》をふいている。「なくなったことには気づいていらしたんでしょう？」

ジークはジェンに身を寄《よ》せて、ささやいた。「あの散《ち》らかりかたじゃあ、気づくわけないよね」

ジェンはジークを押《お》しかえした。「笑《わら》いごとじゃないわ」まわりに聞こえないように言う。でもしかにジークの言うとおりだ。なくしたと思っていたものが、部屋《へや》の中でトレーナーに埋《う》もれていたり、本の下から出てきたりしたことが、これまで何度あったことか。

「もうたくさんだ！」両手をあげて、ミッチェルさんが言った。「もう帰る！　このままいけばわたしに決まっていただろうが、ここでの仕事はこちらからおことわりだ！」そう言うと、荒々《あらあら》しく部屋から出ていった。

しばらくはだれも、なにも言わなかった。するとビーおばさんがせきばらいをして口を開いた。

「こんなことになって、残念《ざんねん》です。なんと言っていいのか……。警察《けいさつ》に通報《つうほう》したほうがいいかしら？」

「それにはおよびません」アダムズさんも落ち着いてきた。「わたしはこんなことでくじけたりはしません。でも、もういやだという人がいても、しかたありませんね。ミッチェルさんの判断《はんだん》は当然《とうぜん》です。わたしはがんこものので、あきらめが悪いだけです」

「ほんとうにこの中に犯人《はんにん》がいるのかしら」ハートトレットさんはびくびくしながら、おくれ毛をなでつけた。

クレーンさんは不満《ふまん》そうに答えた。「ほかにだれがいます？　わたしは部屋にもどらせてもらいます。最終面接《さいしゅうめんせつ》の準備《じゅんび》がありますから」そう言いきると部屋《へや》をあとにした。

ボールズ博士《はかせ》とハートレットさんもそれぞれ部屋にひきあげていった。

ビーおばさんがアダムズさんの肩《かた》をたたいた。「ほんとうにもうだいじょうぶですか?」アダムズさんがうなずくと、ビーおばさんはつづけた。「この子たちにガラスを片《かた》づけさせます。窓《まど》もすぐに板《いた》を打ちつけますから」

ジェンがそうじ機《き》と、ガラス片《へん》を入れる箱を取りにいっているあいだに、ジークはおそるおそるダンベルを持ちあげた。ものすごく重い。足首が痛《いた》いので、ガラス片の中から移動《いどう》させるのはひと苦労《くろう》だ。アダムズさんは手を貸《か》そうともしない。ベッドですすり泣《な》くばかりだ。

二人で大きなガラス片を拾い集めて箱に入れると、ジェンがそうじ機をかけてこまかな破片《はへん》を吸《す》いとった。その後、ダンベルとガラス片の入った箱を持って部屋から出た。

「二人ともありがとう」アダムズさんがうしろから声をかけた。

「どういたしまして」ジークはそう答えると、ドアを閉《し》めた。

「窓の外側《そとがわ》のガラスも片づけなくちゃ」ジェンが言いだした。

ジークは肩《かた》をすくめた。「いいけど、外から投げこまれたのなら、破片のほとんどはいきおいで部屋《へや》の中に落ちたはずだよ」

重いダンベルは受付《うけつけ》のカウンターに残《のこ》して、二人は外に出た。建物《たてもの》をぐるっとまわり、アダムズさんの部屋の窓《まど》の外に来た。

「ほらね」ジェンが勝ちほこったように言った。午後の太陽のもと、ガラス片《へん》がきらきらとかがやいている。「反対側《はんたいがわ》にも落ちるものなのよ」

「それだけで頭がいいって思うなよ」ジークがからかう。

ジェンが笑《わら》いかえす。「思うんじゃなくて、実際《じっさい》、頭いいの！」

二人は笑いながらガラス片を拾うと、さっきの箱に入れた。

「ゴミ置《お》き場にはわたしが持っていくわ」拾いおわるとジェンが言った。ジークの足首がまた痛《いた》みだしたのがわかったからだ。

ジークはジェンにほほえんだ。「ありがとう」

ジークが片足《かたあし》を引きずりながら歩き去るのを見送ると、ジェンはゴミ置き場の横にあるリサイクル専用容器《せんようようき》へ、箱を運んでいった。

建物の角を曲がると、ミッチェルさんがトランクに荷物《にもつ》をつめおえ、ばたんとトランクを閉《し》め、車に乗りこみ、ふりむきもせずに走り去っていくのが見えた。ジェンは思わずにやっとした。あの意気地《いくじ》なし！　強そうに見せてたけど、最初《さいしょ》にしっぽを巻《ま》いて逃《に》げだしたじゃない。いずれにしても、あの大量の荷物《にもつ》を運ばないですんでよかった！

ジェンはガラス片《へん》をガラス専用容器《せんようようき》へ、箱を紙専用容器へと入れた。どこからかスリンキーがあらわれ、足にまとわりついてきた。ジェンは笑《わら》った。スリンキーは赤いプラスチック片でじゃれたかと思うと、二つの容器のあいだにもぐりこんだ。そしてすぐに、容器のあいだにはさまっていた赤・白・青の袋《ふくろ》をひっぱりだしてきた。いっしょに引き抜《ぬ》いてやろうと手をのばしたとき、車まわしに車が入ってきたのが聞こえた。銀色の四輪駆動車《りんくどうしゃ》が近づいてきた。中にいるウィルソン刑事《けいじ》に手をふる。

「ビーおばさんに呼《よ》ばれたの？」車が止まると、ジェンがきいた。

ウィルソン刑事はうなずくと、ジェンといっしょに建物《たてもの》の中へ入った。「窓《まど》を板《いた》ばりするように頼《たの》まれたんだ。だれかがダンベルを投げこんだんだって？」

「そうなの」ジェンが一部始終《いちぶしじゅう》を話した。「あれよ」受付《うけつけ》のカウンターを指さした。「ミッチェルさん、ダンベルを置《お》き忘《わす》れていったの。あわててたから、すっかり忘れちゃったのね」

「ふむ」ウィルソン刑事《けいじ》はつぶやいた。「指紋《しもん》が取れればな」

「指紋？　あのほんものの指紋？」

ウィルソン刑事は笑《わら》った。「指紋ってそういくつもないと思うけど。だれか、このダンベルにさわった人はいるかな？」背中《せなか》で手を組み、ウィルソン刑事はダンベルのプラスチックの表面をじっくりと調べた。

少し考えて、ジェンが答えた。「持ちあげたのがジークで、ここに置《お》いたのがわたし。あとはだれもさわっていないと思う」

ウィルソン刑事はうなずいた。「よし、きみとジーク、そしてミッチェルさん以外《いがい》の指紋が見つかれば、その人が犯人《はんにん》ってことだ！」

第十二章　指紋検出《しもんけんしゅつ》

「すごい、そんな簡単《かんたん》に？」ジェンがたずねた。

「そう簡単ではないけど」ウィルソン刑事《けいじ》は言いなおした。「でも重要《じゅうよう》な手がかりになるよ」

「なんの手がかり？」ジークが片足《かたあし》でとびながらロビーに入ってきた。

ウィルソン刑事はおどろいたように濃《こ》い眉毛《まゆげ》を寄《よ》せた。「いったいどうしたんだ？」

ジークはたいしたことはないとでもいうように、手をふった。そして、魔《ま》のカーブまで自転車で行ったときのことを話して聞かせた。

「どうもいやな予感がする」ジークの話を聞きおえ、ウィルソン刑事はむずかしい顔をして言っようってみた。「早くこの一連の悪さをしている張本人《ちょうほんにん》を突《つ》きとめたほうがいい。さっそく指紋《しもん》を取ってみよう」

ジェンはダンベルをじっと見つめた。「どうやったら指紋が見つけられるの？」

「ただながめてもだめだよ。特別《とくべつ》な粉《こな》があって、それをブラシではたくと、指紋がぱっと浮《う》かびあがるんだ」ウィルソン刑事《けいじ》が説明《せつめい》する。

「さっそく始めようよ」ジークがせかす。「どんな粉を使うの？」

「それが問題なんだ」刑事はあごをさすりながら、答えた。「警察《けいさつ》には指紋検出専用《けんしゅつせんよう》の粉がある。ものすごくこまかくて、いろいろな色がそろっている。しかもどんなものから指紋を取るのかによって、ちがう成分が使われているんだ」

「つまり、ガラスと紙とではちがう粉を使うってこと？」ジークが質問《しつもん》する。

「そのとおり」

「ベビーパウダーのようなもの？」

「まさか」とウィルソン刑事。「もっともっとこまかい粉だ。でも炭《すみ》から作ることもできるな」

「どうやって？」とジーク。

「炭《すみ》を砕《くだ》いて、すごくこまかい粉《こな》にするの?」ジェンがきいた。

「そのとおりさ」

「すり鉢《ばち》とすりこぎを使えばいいのよ」ジェンがつづけた。「おばさんが持ってるわ。台所にある。ナッツをつぶすときに使うの」

ウィルソン刑事《けいじ》がにっこりとほほえんだ。「かんぺきだね。あとはふわふわのブラシ、透明《とうめい》のテープ、そして白い紙がいる」

「集めてくる」ジェンはそう言うと小走りで去っていった。

「じゃあ、台所で待ってる」

ウィルソン刑事はポケットから大きな赤いバンダナを取りだした。ジークが見まもるまえで、刑事はそのバンダナを使ってダンベルを持ちあげた。「こうすれば自分の指紋《しもん》をつけずにすむ」説明《せつめい》を加《くわ》えながら、台所へ移動《いどう》し、ジェンを待った。

台所のテーブルで二人と合流したジェンは、腕《うで》いっぱいにいろいろなものをかかえていた。外のたき火のあとからは炭のかたまりを見つけてきた。つづいて勝ちほこったようにかかげて見せたのは、ふわふわのブラシ。

「ほお紅《べに》用のブラシよ！」

「いいアイディアだ。どこにあったの？」とジーク。

ジェンは一瞬《いっしゅん》答えにつまった。「実《じつ》をいうと、ビーおばさんのお化粧《けしょう》道具の中。ほとんど使っていないし、それにれっきとした目的《もくてき》があるんだもの」ちょっとくらい炭《すみ》がついてもブラシは使えるはずよね、とジェンは考えた。

ジェンはすり鉢《ばち》とすりこぎも持ってきた。ジークは炭のかたまりを、こまかな粉状《こなじょう》になるまで、ひたすら砕《くだ》きつづけた。ジェンがその仕事ぶりをのぞきこんだ。

「なかなかいいじゃない」次の瞬間、鼻がむずむずしたかと思うと、くしゃみが出た。すり鉢の中にあった黒い粉がすべて舞《ま》いあがってしまった。またくしゃみが出る。

「やってくれたな」ジークが叫《さけ》んだ。手も腕《うで》も炭だらけだ。

ウィルソン刑事《けいじ》は笑《わら》っている。「こまかな粉のせいでくしゃみが出るんだろう。少しはなれていたほうがいい」

ジェンを見てわざとらしく特大《とくだい》のため息をつくと、ジークは炭のかたまりをもうひとつ取ってつぶしはじめた。今回はだれもくしゃみをすることなく、粉が完成した。

ウィルソン刑事《けいじ》はこまかくなった炭《すみ》の粉《こな》を、慎重《しんちょう》に、ほお紅《べに》用のブラシを使ってダンベルにはたいた。

ジークはかたずをのんで見まもった。あと数秒もすれば、この一連の危険《きけん》な事件《じけん》にかかわってきた人物を特定《とくてい》できる。

ウィルソン刑事がやわらかいブラシをプラスチック面に走らせると、たしかに、ちょっと見にくいけど、こまかな黒い粉が指紋《しもん》のような模様《もよう》になっていく。ジークはさらに近づいて、その模様をじっと見た。でも自分が知っている指紋の形とはちがう気がする。どれも黒くぼやけたしみにしか見えない。

「ああ」ウィルソン刑事が声をはりあげた。

ジェンとジークはもっと顔を近づけた。「なに？」二人同時に質問《しつもん》した。

ウィルソン刑事は、浮《う》きでた形のほとんどは使い物にはならないと説明《せつめい》した。ジークの思ったとおりだ。でもダンベルの側面《そくめん》には完全な形をした指紋があるという。

ウィルソン刑事は、透明《とうめい》テープを切りとり、黒く浮きあがった模様を完全におおうように、ダンベルに押《お》しあてた。そしてすばやく一気にテープをはがす。「ここが大事なんだ」説明を加《くわ》え

る。「失敗《しっぱい》すると、指紋《しもん》の中に線が入ってしまって、照合《しょうごう》するときにじゃまになるんだ」そして

そのテープを白い紙にそっとはりつけた。

最初《さいしょ》の指紋を採取《さいしゅ》しおわると、ダンベルの反対側《はんたいがわ》にも粉《こな》をはたいた。完全な指紋がさらに四つ見つかった。だがくわしく見ると、そのうち二つは最初に採取した指紋とそっくりだとわかった。ほかの二つはちがっていたので、同じようにテープに移《うつ》し、最初の指紋のとなりにはりつけた。

ウィルソン刑事《けいじ》は考えこみながら、ブラシでテーブルの角をとんとんたたいた。「残念《ざんねん》ながら、この指紋、あまり役に立たないかもしれない」

「どうして？」ジェンがきいた。

「大きい指紋は全部同じだっただろ？」

ジェンとジークがうなずいた。

「それはミッチェルさんの指紋で、この小さい二つはきみたちのものだと思う。指紋を取って、照合してみてもいいけど、たぶんまちがいないよ。ビーおばさんが次に焼《や》いてくれるアップル・パイをかけてもいい」

ジークはすっかり失望《しつぼう》してしまった。

ジェンは台所に走っていったかと思うと、ガラスのコップをナプキンでつつんで持ってきた。

「水を飲むときに、ミッチェルさんが使ったの。これの指紋《しもん》と、ダンベルの指紋をくらべてみようよ」

さっそく指紋を採取《さいしゅ》してみると、たしかに一致《いっち》した。つづいて双子《ふたご》もそれぞれ指紋を取ってみたところ、ダンベルに残《のこ》されていた小さめの指紋は自分たちのものだと判明《はんめい》した。

ジークはため息をついた。「このダンベルを窓《まど》から投げいれた人は、きっと手袋《てぶくろ》をはめて――」

「ハートレットさんの部屋《へや》に手袋があったね」ジェンが興奮《こうふん》して口をはさんだ。「しかも、アダムズさんの部屋でものすごくびくびくしてた！」

「だからといって、犯人《はんにん》であるとは断定《だんてい》できない」たしなめるようにウィルソン刑事《けいじ》が言った。

「ペーパータオルや布切《ぬのき》れだって同じことだ。ダンベルに指紋をつけない方法《ほうほう》はいくらでもある。時間のむだだったかな」

「そんなことないわよ」ジェンがうれしそうに言った。「だって、指紋の取りかたを習ったから、これからはもしジークが勝手にCDを持ちだしても、わかっちゃうもんね」

ジークはにやっと笑《わら》った。「その手には乗らないさ」手をあげて、指を動かしてみせた。「手《て》袋《ぶくろ》を使うからね!」

ジェンも笑った。「最近《さいきん》の犯罪者《はんざいしゃ》も、なかなかしこくなったものね」

「そうでもないんだよ」とウィルソン刑事《けいじ》。「指紋《しもん》を残《のこ》さないように、いつも手袋をはめているはずだと思うだろう。でも忘《わす》れてしまうこともあるものなんだよ」

「でも今回は忘れなかったみたいだね」ジークはむっとした顔で言った。

ウィルソン刑事が立ちあがった。「おばさんに頼《たの》まれた窓《まど》の板《いた》ばりをすませてこないとね」ウィンクしながらつづけた。「お礼に特大《とくだい》サイズのパイをごちそうしてくれることになっているんだ」

ビーおばさんはその数分後、二人が台所のテーブルから炭《すみ》の粉《こな》をふきとっているところにあらわれた。「それ、わたしのほお紅《べに》用のブラシじゃない?」テーブルに顔を近づけながら二人にたしかめた。「それにすり鉢《ばち》にすりこぎ。どうして全部こんなに真っ黒なの?」

二人はさっきの作業《さぎょう》のことを説明《せつめい》し、きれいに片《かた》づけると約束《やくそく》した。

「頼むわよ」きびしい口調《くちょう》でおばさんが言った。「それでうまくいったの?」

「指紋《しもん》は取れたよ。でも犯人《はんにん》は特定《とくてい》できなかった」ジェンが説明《せつめい》した。

「あのメモがあれば」ジークがふと言った。「筆跡《ひっせき》から犯人を割《わ》りだせるかも」

「それも無理《むり》だと思うわ」ビーおばさんはポケットに手をつっこむと、折《お》りたたまれたメモを取りだし、二人のまえに広げた。

ジークもジェンもじっとその紙を見つめた。脅迫状《きょうはくじょう》だ。でもビーおばさんが、「筆跡鑑定《かんてい》は無理」と言ったのはほんとうだった。

「消えうせろ、それが身のためだ！」ジェンが読みあげた。「この文字、全部雑誌《ざっし》からの切り抜《ぬ》きじゃない！」

「これじゃあ、だれが作ったか、わかりゃしないよ」ジークはうなった。

二人はがっくりした。「これからどうしたらいいんだろう？」

第十三章　もうお手あげだ！

「ミッチェルさんだ！」ジークが叫《さけ》んだ。

ジェンはジークを見た。「ミッチェルさんがどうしたの？　もういないわよ。帰ったもの」

「ほら、部屋《へや》に雑誌《ざっし》がたくさんあったじゃないか」

「そうだ！」そう言うと、一瞬《いっしゅん》考えた。「でもおかしいわ。アダムズさんの部屋にダンベルが投げこまれたとき、ミッチェルさんはわたしといっしょに台所にいたのよ」解《げ》せない様子《ようす》で首をふった。「ミッチェルさんのはずないわ。でもだからって、犯人《はんにん》じゃないとは言いきれないわね」

ジークは脅迫《きょうはく》メモを手に取り、じっと見つめた。まるで見ていると謎《なぞ》が解《と》けるとでもいうように。「ビーおばさんが宿泊客《しゅくはくきゃく》のために居間《いま》に置《お》いてる雑誌《ざっし》。あれだよ！」そう言うとぱっと立ちあがった。「痛《いた》っ！　足首ねんざしてるの、忘《わす》れてた！」

ジークは足を引きずりながら台所を出て、食堂《しょくどう》を通り抜《ぬ》け、居間へと向かった。「さっきここを片《かた》づけていて気づいたんだけど、何ページか切り取ってあったんだ。ほら」《すてきなお宿》最新号のページをぺらぺらとめくってみせた。たしかに何ページかがきれいに切り抜かれたり、まるごと破《やぶ》り取られたりしている。

ジェンは不満《ふまん》そうだ。「でもこれならみんな可能性《かのうせい》があるじゃない。だれでも手に取れる雑誌だもの。これだ！　っていう手がかりを見つけても、いつもふりだしにもどっちゃう」

二人はソファにどさりと腰《こし》をおろした。ウーファーがのそのそやってくると、大きくて毛むくじゃらの頭を二人のあいだに休めた。

ジェンは笑《わら》って、ウーファーの頭をくしゃくしゃとなでまわした。「それで、どうする？」

「容疑者《ようぎしゃ》メモにまとめてみようよ。なにがどうなっているのか、見えてくるかもしれないよ」

二人は古い灯台《とうだい》へと向かった。だれにもじゃまされないよう、ジェンの部屋《へや》のベッドの上で、宿泊客一人一人についてあやしいと思ったことを、容疑者メモに書きだしていった。

容疑者メモ

容疑者《ようぎしゃ》　アダムズさん
動《どう》　機《き》　仕事ほしさ
疑問点《ぎもんてん》

1. 赤い車に崖から突き落とされそうになった。だれだったのか？

2. 警察は呼びたくない。

3. ボールズ博士の部屋に入りこんで、なにをしていたのか？

4. ボールズ博士の箱を居間にかくした？　ボールズ博士の部屋に入ったときにその箱を見たはず。でもどうしてその箱をとったのか？

5. 窓からダンベルが投げこまれた。脅迫状つきで。

容疑者メモ

容疑者《ようぎしゃ》 ボールズ博士

動機《どうき》 仕事ほしさ

疑問点《ぎもんてん》

1. ヘビをこわがらない。ヘビの指輪も持っている。
ヘビをハートレットさんの部屋に入れた？

2. 遅くまで外にいた。横の玄関からヘビを
持ちこんだ？

3. クレーンさんの書類かばんはほんとうに
ボールズ博士が見つけたのか。それとも最初
から茂みにかくしておいたのか。

4. かぎのかかった箱の中にはなにが入っているのか。
あの奇妙なイニシャルは？

5. 陽気すぎて、信用できない？

容疑者メモ

容疑者《ようぎしゃ》 クレーンさん

動《どう》　機《き》 仕事ほしさ

疑問点《ぎもんてん》

1. この仕事をもらえるのはひとりだけなのだと みんなのまえで言った。

2. 書類かばんを盗んだのはだれ？

3. 電話での会話があやしかった。

4. なにかをたくらんでいるみたいに、ぴりぴりしている。みんなにいじわる。

5. 部屋は二階。ミッチェルさんを階段から突き落とした？

6. 「みんな疑い深くて」と話した相手はほんとうに奥さん？わたしたちをだますために「愛してるよ」なんて言ったのかも？

容疑者メモ

容疑者《ようぎしゃ》 ハートレットさん

動機《どうき》 仕事ほしさ

疑問点《ぎもんてん》

1. いつもそわそわしている。

2. 部屋は二階。ミッチェルさんを階段から突き落とした？

3. 手袋を持っている。指紋をつけずに、ダンベルを持ちだすことができる。でもどうやってミッチェルさんの部屋に入ったのか？

4. 受け取った手紙にはなんて書いてあったのか。どうして破り捨てたのか。ジェンが拾った紙切れには「どんなことをしてでも、仕事を手に入れる」と書いてあった。その意味は？じゃまものは傷つけても、さらには殺してもいいということ？

容疑者メモ

容疑者《ようぎしゃ》 ミッチェルさん

動《どう》　機《き》 仕事ほしさ

疑問点《ぎもんてん》

1. 車に傷がある。

2. ほんとうに階段から突き落とされたのか。つまずいただけなのか。それとも突き落とされたふりをしたのか。

3. なぜ二階にいたのか？　ストップウォッチをさがしていると言っていたけど、こそこそとかぎまわっていたのではないか。それともハートレットさんの部屋にヘビをしかけていたのかも。ハートレットさんが次の日まで気づかなかっただけかも。

4. アダムズさんの窓から投げこまれたのはミッチェルさんのダンベルだった。

5. 事件の舞台である宿から立ち去った。どうしても仕事がほしかったのなら、なぜ？

ジェンがうんざりした顔で、ふんと鼻を鳴らした。「無理《むり》よ、これ。なにがなんだかさっぱりわからないわ」

「ほんとうだよな」ジークもすっかり肩《かた》を落としている。「なにか大事なことを忘《わす》れているんだ、きっと」

「でも、なにを？」

「わからない。でもきっとそのなにかがわかれば、すべてがはっきりするはずだ」

沈黙《ちんもく》がしばらくつづいたあとで、ジェンがゆっくりと口を開いた。「はじめから出なおしてみようよ。魔《ま》のカーブにもどって」

ジークはごくりとつばをのみこんだ。足首はもうほとんど痛《いた》くない。でもあのとき、自分の身に起きかけたことを思うと、息がつまりそうになる。「ビーおばさんに叱《しか》られちゃうよ」とは言ったものの、ジェンを止められはしないとわかっていた。

「クイック・ストップに行くとでも言っておけばいいのよ」

「そうだな」ジークはしぶしぶうなずいた。もしおばさんに知れたら怒《おこ》られるだろう。でも真相《しんそう》を究明《きゅうめい》するにはこの方法《ほうほう》しかない。

十五分後、ジークは魔《ま》のカーブの最初《さいしょ》の曲がり角を自転車で走っていた。あまりにも道路の端《はし》を走っていたので、松《まつ》の木に激突《げきとつ》するところだった。

「しっかりまえを見て！」ジェンに大声で注意された。

二人は自転車からとびおりると、溝《みぞ》の中にとめ、道路をわたった。ジェンは手を腰《こし》にあてて見まわしている。「おかしいわね」

「なにが？」

「タイヤのスリップ痕《こん》がないじゃない」

「そうなんだよ」とジーク。「たいしたことじゃないと思ったんだけどね。アダムズさんが大げさに話しただけなんだろうなって。しょせん、フェンダーがへこんだだけの事故《じこ》だもんね」

「フェンダーじゃないでしょ。テールランプが割《わ》れただけ」ジェンが訂正《ていせい》した。

ジークがしぶい顔で言った。「実《じつ》は、テールランプの破片《はへん》もどこにも見つからないんだ」

「どういうこと？」きょろきょろと見まわしながらジェンがききかえした。

「たしかにアダムズさんのテールランプは割れてたよね」

ジェンはうなずいた。

「前回ここに来たときにも、破片《はへん》は見つからなかった。今だって、なにもないだろ？」

ジェンはまたうなずいた。

とつぜん、とどろくようなエンジンの音と、キキーッとタイヤが鳴る音が聞こえた。車が一台、魔《ま》のカーブの急な曲がり角を猛《もう》スピードでとばしながらせまってくる。

「あぶない！」ジークが叫《さけ》んだ。

読者への挑戦《ちょうせん》

さあ、これで犯人《はんにん》はだれか、わかったかな？　はっきりしているのは、校長の座《ざ》をねらう候補者《こうほしゃ》のひとりが、ほかの人たちを脅《おど》して追いはらおうとしている、ということ。だが、そのひとりとはだれだろう？

事件《じけん》をもう一度じっくりとふりかえってみよう。ジェンとジークが見落とした大事な手がかりが見つかるはずだ。

時間はたっぷりある。自分で書いた容疑者《ようぎしゃ》メモを読みかえしてみよう。犯人がわかったら、最後《さいご》の章を読んでみてくれたまえ。さて、ジェンとジークはちりばめられた断片《だんぺん》をつなぎあわせて、この魔《ま》のカーブの謎《なぞ》を解《と》き明かすことができたかな？

幸運を祈《いの》る！

解決篇《かいけつへん》

本件《ほんけん》、ひとまず解決！

ジークはジェンの腕《うで》をつかむと、ガードレール近くの路肩《ろかた》まで、ぐいっと引きもどした。車は道路の反対側《はんたいがわ》を猛《もう》スピードで走り去っていく。魔《ま》のカーブの最後《さいご》の曲がり角では、タイヤがはげしく鳴った。車が見えなくなっても、とどろくようなエンジン音はしばらく聞こえていた。

「なんでこんなことするのよ？」ジークにつかまれたところをさすりながら、ジェンが怒《おこ》って言った。

ジークはジェンをにらみかえした。「命を助けてあげたのに。ありがたいとも思わないわけ？あの狂《くる》った運転手野郎《やろう》、ぼくのことをまたねらってきやがった」

ジェンが大きく目を見ひらいた。「あの車だったたってこと？」

「ぜったいにそうだ」ジークがうなずく。

「でも、よく見なかったって言ってたじゃない。どうしてわかるの？」

「あのエンジン音だよ。マフラーに大きな穴《あな》があいてるにちがいない。あんなすごい音がするんだから。あれはぜったいに同じ車だ」

ジェンが笑《わら》いだした。笑わずにはいられなかったのだ。

ジークはいやな顔をした。「二度と助けてやるもんか」それでもジェンの笑いが止まらないので、なにがそんなにおかしいのかとたずねた。

「あとで説明《せつめい》するから、かならず」ジークの顔にあらわれた不満《ふまん》の色がさらに濃《こ》くなるのを見て、ジェンはつづけた。「この車の謎《なぞ》は解《と》けた、とだけは言っておくわ。でも、テールランプの破片《はへん》の謎はまだ解けないけど」そう言うとまた足元をさがしはじめた。

「まるで、事故《じこ》なんか起きなかったみたいだな」ジークは思わず口走った。

このジークのひと言で二人の動きが止まった。ジェンがパチンと指を鳴らした。

「アダムズさんの工具箱《こうぐばこ》よ！」

ジェンがなにを考えているのか、ジークには手に取るようにわかった。「ハンマーだ！」

「アダムズさんは自分でテールランプを割《わ》ったのよ。事故《じこ》にあったふりをしたのよ！」ジェンが声をはりあげた。

「どこかに車をとめて、こわしたはずだ」

「わかった！」ジェンは肩《かた》ごしにそう言うと、走って道路をわたり、自転車にとび乗った。「行くわよ！」

ジークはジェンのうしろを猛《もう》スピードで追いかけ、クイック・ストップにたどり着いた。ペダルをぐいと踏《ふ》むたびに足首に痛《いた》みが走り、顔をしかめた。でもスピードは落とさなかった。店に着き、急いで店の中に入ると、ジェンはブライアンのいるカウンターにまっすぐ向かった。ブライアンは接客中《せっきゃくちゅう》だった。その客がはなれると、ジェンがブライアンに声をかけた。

「こんにちは、ブライアン。ねえ、このあいだの日曜日はここでバイトしてた？」

ブライアンは数秒間、天井《てんじょう》を見あげて考えてから、うなずいた。「してたよ。それがなにか？」

「すごく背《せ》が高くて、派手《はで》な赤毛の女の人が来たの、おぼえてる？」

「ピエロのようなちぢれ毛の？」ブライアンはすぐに思い出したみたいだった。

「そうそう！」

「もちろんおぼえてるよ。なんかちょっとへんだったから。袋《ふくろ》がほしいって言ってきたんだけど、なにか買わないとあげられないって答えたら、しかたなしに買ってた」

「歯ブラシと歯みがき粉《こ》じゃない？」ジークがきいた。

「そんなものだったと思う」とブライアン。

双子《ふたご》は顔を見あわせた。興奮《こうふん》して、二人とも青い目がきらきらかがやいている。

ジェンが口を開いた。「おぼえてる？　スリンキーが……」

「……赤いプラスチック片《へん》で遊んでたこと」ジークが引きとった。

「アダムズさんはテールランプの破片《はへん》を袋に入れて、捨《す》てたのよ。でもスリンキーがそれを見つけたってわけね」

「アダムズさんは事故《じこ》をでっちあげたんだ」

「プラスチックの破片が見つかれば、それを証明《しょうめい》できる！」

「おいおい、いったいなにがあったんだ？」ブライアンが割《わ》りこんできた。

「ううん、なんでもないの」ジェンが答えた。できるだけ平静《へいせい》をよそおっているけれど、心の中ではとびあがらんばかりに興奮《こうふん》していた。

「ところで」ジェンは話題を変《か》えた。「今日は仕事に遅《おく》れなかった？」

ブライアンはあわててジェンをだまらせようとした。「声がでかいよ。店長から、次に遅刻《ちこく》したらクビだって言われてるんだから。マフラーを修理《しゅうり》する金が必要《ひつよう》なのにさ」

ジークはあんぐりと口を開けた。その横でジェンが笑《わら》っている。

「もしかして、古い緑色の車？」ジークがたずねた。

ブライアンはにやっと笑った。「そうだよ、かっこいいだろう？」

「かっこいいだって？」ジークがとつぜん大声を出した。「もう少しでひき殺《ころ》されるところだったんだよ。しかも二回も！」

「どういうこと？」

あのキーキー鳴るタイヤとこわれたマフラーに、ジークが魔《ま》のカーブでおどろかされたことを、ジェンが手短《てみじか》に話した。

「ほんとうに崖《がけ》から落とされると思ったわけ？　このおれに？」きまり悪そうにブライアンが言

った。「たしかにちょっとスピードは出しすぎてたかもしれない。でもタイヤがキーキーいうのは空気が足りないから。それにマフラーのことはさっき言ったとおりさ。悪かったね、こわがらせて」

「こわくはなかったよ」ジークは背《せ》すじをぴんとのばして言った。「ちょっと――えーと――気になっただけ」

「もう行かなきゃ」ジェンはあわててそう言うと、店を出た。ジークがついてきているか、ちゃんとたしかめる。

ようやく宿にたどり着くと、真っ先にゴミ置《お》き場へと向かった。思ったとおり、スリンキーはクイック・ストップでくれる赤・白・青のしま模様《もよう》の袋《ふくろ》にすわっていた。まるで二人を待っていたかのようだ。少しまえにもスリンキーがこの袋で遊んでいたのを、ジェンは思い出した。でもそのときにはまったく結《むす》びつかなかったのだ。

さっそくその袋をスリンキーの下からひっぱりだし、中をのぞいた。そしてひと言もいわずに、ジークに手わたした。

ジークがのぞきこむと、そこにはテールランプの破片《はへん》がたくさん入っていた。横がすこし破《やぶ》れていて、そこからこぼれたプラスチック片《へん》でスリンキーは遊んでいたのだ。「でもどうして？どうして事故《じこ》をでっちあげなきゃいけなかったの？」

ジェンが指をパチンと鳴らした。「もちろんそのあとのすべての事件《じけん》のためよ。アダムズさんは、ほかの候補者《こうほしゃ》たちをこわがらせて、面接《めんせつ》を辞退《じたい》させることが目的《もくてき》だったわけでしょう。もし自分にだけなにも起こらなければ、あやしまれるじゃない」

「だからまずは自分が事故にあったことにしなければならなかったんだ」ジークが話をひきついだ。「そうすれば、ほかの候補者たちにいろいろな事件がふりかかっても、あやしまれないってわけか」

「だから、ミッチェルさんの車のへこみはさびついていたんだ。きっと古い傷《きず》だったんでしょうね」

「ようやくつじつまが合ってきた」とジーク。

しばらく考えていたジェンが言った。「アダムズさん、せきが止まらなくなって、わたしが水を取ってきてあげたことがあったわ」

「それで？」

「ミッチェルさんの部屋《へや》をそうじしていたときだったのよ！　水を持っていってみると、アダムズさんは自分の部屋にもどってた。そのときよ、ダンベルを盗《ぬす》みだしたのは！」

「でも指紋《しもん》は？」

「ハンカチを持ってた！　せきのためだと思ってたけど、ダンベルを持ちあげるためだったんだわ、きっと」

「かんぺきじゃないか！」ジークが声をはりあげた。「それにおぼえてる？　もしダンベルが外にではなくて、中に投げこまれたのなら、ガラスの破片《はへん》は窓《まど》の外にはあまり落ちないはずって言ったよね」

ジェンはうなずいた。「わたしが言ったとおりに外にも破片があったとき、ジークはへんだと思ったんでしょ。でもやっぱりわたしがまちがっていたのね。アダムズさんがダンベルか、なにか重いもので、内側《うちがわ》からガラスを割《わ》ったのよ。そして残《のこ》っていたガラスを砕《くだ》いて、部屋の中にばらまいたのね。あやしまれないように」

「なんてひきょうなんだろう」

「でもどうやって証明《しょうめい》する？」ジェンがきいた。

「指紋《しもん》さ」

「でもダンベルには、証拠《しょうこ》となるような指紋はひとつもなかったじゃない」ジェンが反論《はんろん》する。

ジークはポケットから脅迫《きょうはく》メモを取りだした。「これはどうだい？」

二人は宿の中に入り、台所のテーブルに指紋検出《けんしゅつ》道具を用意すると、メモに粉《こな》をはたいていった。するとその紙は指紋だらけだったのだ。

ジークがくやしそうにうなった。「思い出したよ。このメモは回覧《かいらん》されたんだ。全員がさわってるよ」

ジェンも口を開きかけたとき、炭《すみ》の粉で鼻がむずむずしはじめた。必死《ひっし》に食《く》いとめようとしたにもかかわらず、大きなくしゃみが出てしまい、一面に炭の粉をまきちらした。二回目のくしゃみでは、メモまでひらひらとはためいた。

「今の見た？」くしゃみをおさえながらジェンがきいた。

ジークはシャツについた炭を払《はら》い落としている。「なにを？」不機嫌《ふきげん》にききかえす。

「見てて」ジェンがメモに息を吹《ふ》きかけた。すると「身のためだ」の最後《さいご》の「だ」の文字がぴらぴらとめくれあがった。ほかの文字はしっかりとのりづけされていたけど、いちばん大きいこの

「だ」だけは上の部分が軽くのりづけされただけだったのだ。

ジークもそこで気がついた。「指紋《しもん》が取れる！」

二人は入念《にゅうねん》にこの「だ」の裏面《うらめん》に粉《こな》をはたいた。思ったとおり、指紋がひとつ浮《う》かびあがった。

ジークはていねいにテープにその指紋を移《うつ》しとると、きれいな白い紙にはりつけた。

ジェンがその指紋を調べる。「ほんとうに一気にはぎとった？」

「もちろんさ」とジェン。

「じゃ、なんで指先のところに一本線が入っているのよ？」白い紙をジークにわたして、よく見るようにうながした。

「傷《きず》あとかなにかじゃないのかな」

「どの指か、わかる？」

ジークは首をふった。「親指よりは小さいけど、小指よりは大きいって感じかな。それしかわからないや」

ジェンは小さな紙切れを拾いあげると、それを切り取り、裏にのりをつけ、別《べっ》の紙にはりつけるようなしぐさをしてみせた。「今の見た？」

「見たけど、なにが言いたいの？」

ジェンは自分の人さし指を立ててみせた。「この指よ。そして……」ジークが口をはさもうとしたので、手で阻止《そし》した。「アダムズさんはまさにこの指に傷《きず》あとがあるの。到着《とうちゃく》した日に切ってしまったあの指よ。きのう、もうこんなになおったのよって見せてくれたの。細く切れたあとがあった。まさにこの指紋《しもん》のように！」

「なにをやっているんだい？」ウィルソン刑事《けいじ》がテーブルをのぞきこんだ。

二人はおどろいて、とびあがった。

「だれが、この一連の事件《じけん》の犯人《はんにん》か、わかったんだ」ジークが高《たか》らかに宣言《せんげん》した。

二人は大急ぎで、かわるがわるウィルソン刑事にすべてを話した。最初《さいしょ》に見落としていた手がかりがあったことも説明《せつめい》した。

「アダムズさんにまちがいない」とジェンが最後に言った。「でもどうすればいいと思う？」

ウィルソン刑事は深くうなずいた。「二人ともよくやった。いや、すばらしい働《はたら》きだよ。わたしがアダムズさんに話をしてこよう。二人はここにいなさい。怒《いか》りを爆発《ばくはつ》させるかもしれないし、なにをしでかすかわからないから」

ジェンもジークもいっしょに行きたかった。でもウィルソン刑事《けいじ》が、毛深い眉毛《まゆげ》の下でいかめしい目つきをしたので、二人ともあきらめざるをえなかった。

ウィルソン刑事はなかなかもどらず、二人は落ち着かなくなってきた。ちらかしてしまった台所を片《かた》づけると、居間《いま》にすわって、わずかな音も聞きのがすまいとしていた。

どうやらほかの客も、なにかあると察《さっ》したみたいだ。そのうちに、宿泊客《しゅくはくきゃく》たちもビーおばさんも、みんなが居間に集まってきた。

ようやくウィルソン刑事がもどってきた。

「アダムズさんは出ていったよ」首をふりながら話しはじめた。「全部認《みと》めたよ。きみたちはまさに図星《ずぼし》だったね」

「じゃあ、事故《じこ》もでっちあげだったのね」とジェン。

「ほかのことも全部。ヘビをこわがるふりをしておいて、ハートレットさんの部屋《へや》にヘビを入れたのもそう」

ハートレットさんはぶるっとふるえた。「なんてひどい人なの」

ジェンとジークは、どうやってアダムズさんに行き着いたのかを説明《せつめい》した。

「でもね」とジークがつづけた。「容疑者《ようぎしゃ》メモに書いたことで、まだわからないことがいくつかあるんだ」そしてボールズ博士《はかせ》のほうを向いた。「たとえば、ここに到着《とうちゃく》した夜のこと。ボールズ博士は夜中に外にいましたよね。なにをしてたんですか？」

ボールズ博士は恥《は》ずかしそうに笑《わら》った。「気づいたかどうかわからないけど、わたしは忘《わす》れっぽくてね。着いたときにヘッドライトを消したか、思い出せなかったんだ。だから見にいったというわけさ。それから、きかれるまえに答えておくけれど、あの薬箱も、ほんとうは薬を分けるために居間《いま》に持っていって、イスの下に忘れてきてしまったんだ。だれかが盗《ぬす》んだなんて言って悪かった」

「薬箱？」とジェン。「あの龍《りゅう》の箱には薬が入っているの？」

「高血圧《こうけつあつ》、高コレステロール、アレルギー、それに偏頭痛《へんずつう》の薬を飲んでいるんだ。箱にかぎを閉《し》めているのは、孫《まご》が来たときに薬をさわらせないためなんだよ」

「そんなに悪いところだらけなんだ！」ジェンは考えもせず声をあげた。

ボールズ博士は笑った。「そうなんだ。ストレスから来るものばかり。だから今は、前向きにと心がけているんだ。気分がよければ、それだけ体調もいいしね。でも正直《しょうじき》いうと、いつも陽気でいられるわけではない」

ジークは笑《わら》った。「これでわかりました。でもあのイニシャルはだれの？」

「わたしの母のだよ。もとは母の薬箱だったんだ」

ジェンはハートトレットさんのほうを向いた。

ハートトレットさんは大きく目を見ひらいて、きいた。「まさか、わたしまで容疑者《ようぎしゃ》にされていたとか？」

「ハートトレットさんにとどいた、あの手紙。あれはなんだったんですか？」ジェンが正直《しょうじき》にきく。

「わたしが拾った紙切れに、どんなことをしてでも、なんて書いてあったから」

ハートトレットさんは笑いながら答えた。「あれは二十歳《はたち》の甥《おい》っ子から。いつも新しいことに挑《ちょう》戦《せん》してみろってうるさいのよ。わざと面接《めんせつ》で力を抜《ぬ》くんじゃないかって思われていたみたい。もっとキャリアアップをめざすべきだと思っているのよ。でもわたしはがんこだし、弱虫だなんていうの。だから、とにかくがんばれってことを伝《つた》えたかったのよ」

ジェンも笑いだした。「じゃ、部屋《へや》にあった手袋《てぶくろ》は？」

ハートトレットさんはなぜ手袋があやしまれる原因《げんいん》になるのか、わからない様子《ようす》だった。

「今の季節《きせつ》に手袋《てぶくろ》はいらないですよね」ジェンが説明《せつめい》する。「それに手袋をはめていれば、指紋《しもん》がつかないでしょう。だから――」

「あれはわたしのお守りなの」ハートレットさんは笑《わら》いながらさえぎった。「もともとおばあさんの手袋だったの。大事なことがあるときはいつも持ちあるいているのよ。まあ、おまじないみたいなものね」

ジェンは思わずうなった。「なんでもあやしく見えちゃうのね」

「だからわたしも容疑者《ようぎしゃ》のひとりにされたのかな？」クレーンさんが皮肉《ひにく》たっぷりにきいてきた。

「盗《ぬす》み聞きするつもりはなかったんです」とジェン。背中《せなか》で中指と人さし指を重ね、魔《ま》よけのしぐさをする。

「まえにも言ったとおり」クレーンさんが吐《は》き捨《す》てるように言った。「電話の相手はわたしの妻《つま》だ」

ジェンとジークは顔を見あわせ、そろって肩《かた》をすくめた。ここでクレーンさんが口にしたあやしげなせりふを披露《ひろう》しても、なんにもならないだろう。それにもう犯人《はんにん》はわかっている。

そのとき、電話が鳴った。ハートレットさんが呼《よ》ばれ、カウンターへ向かった。

ビーおばさんがため息をついた。「解決《かいけつ》して、ほんとうによかったわ。この宿にポルターガイストでも起こっているのかと心配してたのよ」

「幽霊《ゆうれい》がいるのも、おもしろいじゃない」

「そう言っていられるのも、その幽霊にばったり会うまでだったりして」ジークがからかった。

ハートレットさんがもどってきた。ぼうぜんとしている。

ビーおばさんがあわてて立ちあがった。「どうしたんです？」

ハートレットさんは首をふった。「なんでもないんです。あの——わたしに決まったそうです。教育委員長からの電話で、委員会がわたしに決定したので、面接《めんせつ》はもうおこなわないことになったと」申《もう》し訳《わけ》なさそうにクレーンさんとボールズ博士《はかせ》を見た。「ごめんなさい」

ボールズ博士は笑《わら》いながら言った。「ごめんなさい？　なにを言っているんですか。あなたならすばらしい校長先生になれますよ。正直《しょうじき》に言うとね、ここは刺激《しげき》が強すぎて心臓《しんぞう》がもたないような気がしていたんです」

部屋《へや》のすみから笑い声が聞こえた。聞きなれない声だった。

ジェンはおどろいた。クレーンさんが涙《なみだ》を流して大笑いしていたのだ。最初《さいしょ》はショックでおかしくなってしまったのかと思ったくらいだ。

「だいじょうぶですよ」涙《なみだ》と笑《わら》いの合間《あいま》にクレーンさんはそう言った。「ああ、ほっとした！」

「ほっとした？」みんなが同時にきいた。

クレーンさんは大きくのびをすると、これ以上《いじょう》ないというくらいリラックスした表情《ひょうじょう》で説明《せつめい》しはじめた。「わたしは今の仕事が大好《だいす》きなんです。小さな小学校の校長なのですが、いい子ばかりなんですよ。でも妻《つま》は引《ひ》っ越《こ》したがっていて、わたしにももっと地位のある仕事につけと言うんです。妻のことは愛《あい》していますが、ちょっと押《お》しが強すぎるところもあってね」そう言うとまた笑いはじめた。

その笑顔《えがお》があまりにもあたたかだったので、ジェンはおどろいた。

クレーンさんが双子《ふたご》に向かって言った。「きみたちが聞く気もないのに聞いてしまったあの電話の相手は、ほんとうにわたしの妻だった。ほかの候補者《こうほしゃ》はみんなりっぱな人たちで、面接《めんせつ》ではとてもかなわないと妻に話していたんだ。二人にはちょっと陰険《いんけん》に聞こえたのかもしれないね」

ジェンとジークはにやりと笑った。「はい、たしかに！」

「ずっと、そのう――つんつんしていて悪かったね。どうもプレッシャーに弱くて」

「あ、そうそう」あいかわらず晴れやかな顔でハートレットさんが口を開いた。「電話で聞いたことをご報告《ほうこく》しておかなくては。教育委員長がアダムズさんと話がしたいとおっしゃったので、出ていかれたことをお伝《つた》えすると、とても妙《みょう》なことをおっしゃったのです。アダムズさんは推薦《すいせん》状《じょう》のいくつかを偽造《ぎぞう》していて、しかもまえの仕事はクビになっていたんですって！　だから必死《ひっし》になって、みんなを追いだそうとしていたのね。そうでもしないと可能性《かのうせい》がないことをわかっていたんでしょう」

そのとき、スリンキーが部屋《へや》に入ってきた。ふさふさしたしっぽを誇《ほこ》らしげにふっている。双子《ふたご》の足元で眠《ねむ》っているウーファーの上には乗らず、ソファの下にもぐったかと思うと、ひもらしきものをくわえて出てきた。

ジェンがしゃがみこみ、そのひもをひっぱると、なにかがついていた。「ミッチェルさんのストップウォッチよ！」

ジークが笑《わら》いながら宣言《せんげん》した。「本件《ほんけん》、ひとまず解決《かいけつ》です！」

推理《すいり》好《ず》きは万国共通《ばんこくきょうつう》——訳者《やくしゃ》あとがきにかえて

みなさんは魔《ま》のカーブの謎《なぞ》を解《と》くことはできましたか？　家の中にいきなりヘビがあらわれたり、ダンベルが窓《まど》から投げこまれたりしたら、どうしますか？　わたしなら悲鳴をあげておろおろするばかりで、なにもできないと思います。この〈双子《ふたご》探偵《たんてい》ジーク＆ジェン〉シリーズの主人公たちのように冷静《れいせい》に犯人《はんにん》を割《わ》りだすなんて、とても考えられません。

その冷静沈着《ちんちゃく》な名探偵ジークとジェン。二人は二歳《さい》のときに両親を亡《な》くし、それ以来《いらい》「ビーおばさん」のもとで暮《く》らしている十一歳の双子のきょうだいです。「おばさん」と呼《よ》んではいますが、ほんとうは二人のおばあさんの妹。メイン州《しゅう》ミスティックという海沿《ぞ》いの町で、古い灯台《とうだい》を改装《かいそう》したミスティック灯台ホテルを営《いとな》んでいます。ホテルといっても、小さくて家庭的《かていてき》な朝食つきの宿です。日本でいうところのペンションに近いでしょうか。おばさんは二人の手を借《か》りながらこの宿をきりもりしています。二人のうち、ほんの少し早く生まれたジークは、勉強熱心《ねっしん》で、部屋《へや》もいつも片《かた》づいている責任感《せきにんかん》の強い男の子。一方妹のジェンは、部屋《へや》はちらかり放題《ほうだい》、テストの結果《けっか》にもこだわらない、ソフトボールやサッカーも得意《とくい》な、おてんばな女の子です。

その二人は地元のミスティック小学校に通っています。灯台《とうだい》ホテルを下ったところから毎朝スクールバスに乗って学校へ行きます。おそらく小学生の読者のみなさんの多くは、歩いて学校に通っていることと思います。ときには友だちと広がって歩いたり、石蹴《いしけ》りをしながら歩いていて、パトロールのお母さんたちに注意されたり、下校のときにちょっぴり遠まわりをして、新しい道を探検《たんけん》したり、なんていう経験《けいけん》があるのではないでしょうか。

ところが、広大なアメリカでは、学区が広いため、徒歩《とほ》では通学ができない場合も多く、スクールバスは欠かせない存在《そんざい》となっています。現在《げんざい》アメリカ国内だけでも四十三万台ものスクールバスが走行中だといわれています。しかもこのスクールバス、朝夕の通学時間帯《じかんたい》は絶対的《ぜったいてき》な優先権《ゆうせんけん》が与《あた》えられているのです。生徒の乗り降《お》りのために停車《ていしゃ》する場合、「ＳＴＯＰ」の標識《ひょうしき》が車体の横に出ます。これが出ているあいだは、どんなに道が空いていても、うしろの車はぜったいに追いこすことはできません。さらに対向《たいこう》車線を走行する車までもが、停車を強《し》いられます。もちろん子どもの安全確保《かくほ》のためです。

雨の日にもぬれずに登校できて、とても便利《べんり》そうですが、そうでもない場合もあるようです。バスに乗りおくれればたちまち遅刻《ちこく》ですし、忘《わす》れ物をしても、走って家まで取りに帰ることができない……困《こま》る人、ずいぶんといるのではないでしょうか？

もうひとつ、日本の学校ではあまり見かけないものがアメリカの学校にはあります。それがカフェテリア。みなさんの学校には、給食《きゅうしょく》があります か? ある、という人が多いのではないかと思います。給食当番が配膳《はいぜん》をし、足りなくなって大さわぎしたり、学期の最後《さいご》にはデザートが出たり、楽しいですよね。実《じつ》はアメリカの公立小学校の多くには、日本のような給食制度《せいど》はありません。昼食は教室ではなく、カフェテリアで取ります。このカフェテリアでは、家から持参《じさん》したランチボックス(お弁当《べんとう》)を食べてもいいし、売店でサンドウィッチを買って食べてもいい。二、三種類《しゅるい》ある昼食メニューから好《す》きなものを選《えら》ぶこともできるのです。しかも、どの席《せき》にすわっても、だれといっしょに食べてもかまわない。こんなお昼も楽しそうですね。親にとっても、ときおり弁当作りから解放《かいほう》されるので、とても好評《こうひょう》なのです。

このようにアメリカの学校は、日本の学校とはずいぶんと様子《ようす》がことなります。でもやはり共通点《きょうつうてん》はあります。それは今も昔も推理小説《すいりしょうせつ》が子どもたちのあいだでとても人気があるということ。日本では、江戸川乱歩《えどがわらんぽ》シリーズなどが今も読みつがれています。わたしは小学校の大部分をアメリカですごしましたが、そのとき、はじめて読んだ本格的《ほんかくてき》な推理小説がアガサ・クリスティーの『そして誰《だれ》もいなくなった』でした。おそらく小学校高学年だったと思います。登場人物になったつもりで、友人たちと犯人像《はんにんぞう》について語りあったのを今でもおぼえています。

実《じつ》はそれと似《に》た光景《こうけい》を先日近くの公園で目にしました。小学校低学年《ていがくねん》の子どもたちが、見つからなくなったおもちゃをめぐって、いろいろと意見を交わしているのです。まずはいつ、どこで見たのかを順番《じゅんばん》に言っていきます。いわゆる事実確認《じじつかくにん》です。その上でそのおもちゃがある可能性《かのうせい》の高い場所を考えていく。まさに双子探偵《ふたごたんてい》ジークとジェンが容疑者《ようぎしゃ》メモでおこなっていることです。考えてみればわたしたちの生活は、毎日が事件《じけん》であり、ミステリなのです。だからこそ、大人も子どもも推理小説《すいりしょうせつ》に夢中《むちゅう》になるのかもしれませんね。

双子探偵ジークとジェンの活躍《かつやく》は始まったばかりです。第二巻《かん》では、この古い灯台《とうだい》に眠《ねむ》っているといわれるお宝《たから》をめぐって、宿泊客《しゅくはくきゃく》たちと双子探偵が競《きそ》いあいます。さて、そのお宝は実在《じつざい》するのか、見つけだすことはできるのか。今回は謎《なぞ》が解《と》けなかった人も、次回こそ双子探偵ジークとジェンに負けないよう、日々想像力《そうぞうりょく》を駆使《くし》し、脳《のう》を鍛《きた》えておいてくださいね！

二〇〇五年九月

早川書房の児童書〈ハリネズミの本箱〉

〈双子探偵ジーク＆ジェン①〉

魔《ま》のカーブの謎《なぞ》

二〇〇五年十月二十日　初版印刷
二〇〇五年十月三十一日　初版発行

著　者　ローラ・E・ウィリアムズ
訳　者　石田理恵《いしだりえ》
発行者　早川　浩
発行所　株式会社早川書房
東京都千代田区神田多町二ノ二
電話　〇三‐三二五二‐三一一一（大代表）
振替　〇〇一六〇‐三‐四七七九九
http://www.hayakawa-online.co.jp
印刷所　株式会社精興社
製本所　大口製本印刷株式会社

Printed and bound in Japan
ISBN4-15-250035-2　C8097

容疑者メモ

容疑者《ようぎしゃ》
動機《どうき》
疑問点《ぎもんてん》